大
方
sight

U0535992

光的屋

糖匠 著

中信出版集团

图书在版编目（CIP）数据

光的屋 / 糖匪著. -- 北京：中信出版社, 2024.7
ISBN 978-7-5217-6662-2

Ⅰ.①光… Ⅱ.①糖… Ⅲ.①长篇小说－中国－当代 Ⅳ.①I247.5

中国国家版本馆CIP数据核字（2024）第109670号

光的屋
著者： 糖匪
出版发行： 中信出版集团股份有限公司
（北京市朝阳区东三环北路27号嘉铭中心 邮编 100020）
承印者： 河北鹏润印刷有限公司

开本：880mm×1230mm 1/32 印张：9 字数：165千字
版次：2024年7月第1版 印次：2024年7月第1次印刷
书号：ISBN 978-7-5217-6662-2
定价：59.00元

版权所有·侵权必究
如有印刷、装订问题，本公司负责调换。
服务热线：400-600-8099
投稿邮箱：author@citicpub.com

目录

光的屋（上） 1

Ⅰ付远的话 1

　1、脚下面是海 3

Ⅱ付远的话 33

　2、他们飞到另一个宇宙了 33

　3、睡太多会醒不过来 50

Ⅲ付远的话 69

　4、好灵魂 70

　5、有疤的女人 88

Ⅳ付远的话 107

　6、爬出生活的塔 107

　7、排骨餐厅 112

Ⅴ 付远的话 141

　8、在陆地与海洋之间 142

　9、英雄、怪物、死亡医生 162

Ⅵ 付远的话 182

光的屋（下） 183

Ⅶ 煌的话 183

　10、火星上的静默 184

Ⅷ 煌的话 208

　11、疯海豚与抗生素 209

　12、回到岛上，回到光屋 225

　13、拼图板块的碎片 258

Ⅸ 煌的话 262

　14、逃城 262

　15、新的人 268

光的屋（上）

Ⅰ 付远的话

付远：

我要找的那个女人就在岛上。

侦探查到她的手机定位，问我要不要去岛上证实，要的话需要加钱。我说先不用了。他让我想清楚，因为她随时可能换手机，再要找就麻烦了。我说"了解，谢谢"，然后把尾款结清。

橘岛——我以前从来没有听说过这座岛。她为什么会出现在那？为什么突然消失，不留只字片语，没有带行李，走得比在逃犯还要狼狈。在这之前，她甚至没有单独出过远门。这样的人间蒸发一度让人以为是她遇到不测。

学校里的人认定我应该知道些什么。"你们不是男女朋友吗？她父亲不还是你导师？"我回答说不，不知道，不断重复，没有情绪。我不会跟他们提起手机定位，不会告诉他们橘岛，更不会说别的。

橘岛很小，不远，就位于邻省著名群岛的最北端，东临大洋。从市里出发坐两小时长途大巴到码头，上客船——据说旺季有直达的船，两个小时后看到海水变蓝就可以准备下船。平时的话需要转乘，在中转岛下船，打车横穿岛屿找到另一头的码头，在那每天有两班去岛上的小型渡轮。第一班早晨七点，大部分都是本地居民乘坐。第二班也就是当天最后一班傍晚才有。当地几乎没有多少农作物。海岛以旅游业为主，捕渔业为辅。当地人和久居的外来人同样散漫，每天最多工作半天。只有航运不那么随意，兢兢业业维系着这里和周边岛屿以及几座沿海城市的联系。毕竟这里需要的大部分物资需要从岛外运过来。风大的时候，船不得不停运。冬季大半的日子，小岛被浓雾包裹。我想象不出旖蒙在那的样子。

我坐在电脑前，调查收集起橘岛的相关信息，它的经纬气候植被分布经济形态，以及无数张散落在互联网各个角落的游客照片。我应该立刻动身不计代价把她带回来。死者们一定希望我这么做。但我没有。研究工作堆积如山，被耽误的学业毫不留情地报复我之前的怠慢。我还是第一次没有选择对我来说最重要的事。不会再有第二次。除了赶上实验进度，还要重新物色新导师。我不可能现在去橘岛。

不是每个人都会不顾一切地去寻找消失的恋人，也不是每个人真的有勇气面对平静生活下的真相。我们的过去，所作所为，就像脚下攀爬扭动的阴影，你分不清它们是藤蔓还是毒蛇。它们翻涌着，比大海更让人晕眩。

1、脚下面是海

旃蒙来到橘岛的时候，恰好赶上那年最后一场雪。雪夹带着雨水落下，在还没有残污之前就融化干净。

她不记得怎样辗转来到这陌生的岛屿。在人头攒动的世界里顺流而下，从火车到汽车，上了渡船，最后步行。人声渐渐归于寂灭，等到清醒过来时，他人热烘烘的喧闹气息如膜一般骤然从身上揭去。她被孤零零地暴露在阴冷潮湿的空气中。在她面前的，赫然是清冷寥落望不到边际的浅色海面。那样的海容不得丝毫遐想。

没有波浪，也不算平静，颜色浅淡地难以辨清。天空阴霾，灰蒙蒙地迎合着海。她仿佛冷不丁撞见另一个自己，另一个荒芜空茫稀薄的存在。

就是这里了。站在码头锈迹斑驳的欢迎牌下，旃蒙这么想着。我已经来到我的世界尽头，再也无处可逃。

她拖着步子走在栈道上。栈道沿着蜿蜒的海岸线延伸，在很远的地方被礁石群截断。为什么要费尽周折地在沙滩上铺设栈道？鞋子敲打木板的声音让旃蒙不安，并且因为这声音出自自己而加倍厌恶。她停下来，强迫自己去捕捉脚步声的余音，它们仍在，带着那份虚有其表的舞台感。她又走上两步，这次更糟。她再也不能忍耐。

旃蒙回到路面。这里是专为想在吃饭时看海的人准备的地方。几家餐馆沿街排列，清一色睁着肮脏模糊的玻璃橱窗眼睛空洞地瞪着冬季的海面。红白条纹的太阳伞如同古战场上凋萎的旌旗，软塌塌地遮掩着下面那空无一物的空无。几个厨子服务生靠在饭店露台的栏杆上抽着烟，无所事事，向旃蒙投来懒散的目光。

这不是在海边散步的季节。对旃蒙来说，却再好不过。

她找到一个岔口，顺石阶下到缓步台。她的眼前，终于只剩下面前一片耀眼的混沌。

她感到沁入骨髓的冷，却动弹不了，腿一软坐在地上。她拼尽全部力气才走到这里，现在，却哪里也去不了。

追踪她的人们会找到这里将她擒获吗？旃蒙无动于衷地想象那样的场景，机械地添加毫无意义的细节，直到大脑和身体同样无法运转。她仰天躺下。地面毫无保留的支撑令她彻底放松。已经很久都没觉得这样轻松了。

真好。旆蒙这么想着,睡了过去。

当动物热烘烘的气息把她弄醒时,已经是黄昏。她睁开眼睛,看见巨大的黑色湿润鼻头在眼前热切地抽动。一只路过的牛头梗发现了她。旆蒙推开狗站起来。狗在她脚下喜滋滋地不停打转。两百米开外一个男人手上挥动着项圈冲他们大叫。旆蒙听不懂当地话。她转身离开,丢下犹豫不决呜咽着的狗和仍在呼喊的男人。

傍晚的海边透着奇妙的日常气息。那是海滩上来来往往散步、慢跑、遛狗的人们带来的。与之匹配的是他们脸上所共同拥有的茫然笑容。

旆蒙沿着海边一直走着,直到再也无法忍受这些茫然的笑容。她决定躺下,闭上眼睛,这次一定要找个正儿八经的地方正儿八经地躺下。她再也经受不住一点点干扰,不管是来自狗还是人。她跑进她看见的第一家酒店,掏出信用卡。她只带了这张卡和几十元现金。前台头也不抬地接过卡,利落地办起手续。

"我没有带证件。"旆蒙说。

前台抬起白皙丰满的脸,用无框眼镜后面的眼睛打量旆蒙。那双眼睛微微外凸还有些斜视,却不妨碍表达内心的好奇与戒备。

"我没有证件。"旃蒙不动声色地说下去,"钱包被偷了。"这个草率得有些过分的谎言以不可思议的简短征服了前台。在她的经验里,从没有人说谎说得这么不认真。她盯着旃蒙瞧了很久,在她面前的是一张异常无辜的脸。

好吧。前台低下头以最快的速度办完手续,递给旃蒙钥匙。

房间在旅馆顶楼的一角,需要坐电梯后再上一层楼。和所有这种价位的旅馆一样,通道上的红色纤维地毯将大部分脚步声吞吃干净。旃蒙每跨出一步都觉得会陷进绵软的纤维里爬不出来。一离开海,她就失去了轻盈,满脑子的错觉,几乎打不开门。

门在最狼狈不堪的时候自行打开,旃蒙置身于低矮的类似阁楼用色却温暖明亮的房间。她开始解扣子,一件件脱衣服,动作出奇迟缓,好像慢镜头里准备要献出的活祭,被一点点剥离干净。在仪式的最后一部分,她钻进被子深处缩成一团,睁大眼睛,盯着被子因为接纳她而在内部产生的皱褶。因为头埋在里面,呼吸有些困难。不过没有什么关系。几乎没费什么工夫,她就睡着了。

她在那张床上只睡了三个小时。尽管早已经筋疲力尽,除了倒头就睡之外,没有第二条出路。在没有打扰的情况下,旃蒙突然就醒了。她毫无预兆地从睡梦的世界里被踢出来，并且再也回不去。有生以来她从未这样清醒过。当下——此刻身处的房间，以及时间本身，都纤毫毕现地在她面前。床单粗糙洁净的表面，墙上挂钟指针转动的声音，隔壁房间电视购物广告亢奋的叫喊，房间里浑浊的空气，还有外面的海，还有风，还有浓重深厚的夜色。然而她还是不知该去做些什么或者有什么还需要做的。清醒被虚耗着。继续躺下去成了煎熬。

旃蒙坐起来，瞥一眼地上的衣服。它们看上去很恶心，像是软体动物的尸体。她围着衣服打转，弯腰去拾，又像触到电似的缩回手，她不知道拿它们怎么办？她已经忘记之前是怎么穿上它们的。它们和之前的记忆一样已经不属于她。她笨手笨脚，浑身发抖，在内衣外面套上长棉服就冲出门直奔楼下。

没有什么在外面等她。她毫无目的地走，结果又来到海边，这个岛好像是座迷宫，不管往哪个方向，都会走到海边。旃蒙并不介意，只要能不停下就好。海岸线足够绵长，足以和她的体力较量。疾步行走的时候她忽然明白为什么人们要修建栈道。夜晚的海是危险的。即使不朝它望去，单是在耳边不断的海浪声就已经充满诱惑。走到没有栈道的地方，旃蒙甚至觉得脚下的路开始倾斜向海。然而她早已铁石心肠，不为黑色的海面所迷乱。她迈动双腿，左腿，右腿，左腿右腿，步子如滚石落下，身体破浪前行，双臂摆动划开看不见的阻挡。在行进中,她好像一团火焰,燃烧着,迫不及待迎向耗竭,迎向柔软纯白的最后的迟钝。

之后的日子,她都是这样度过的。在海边漫无目的地行走,如果走到饭店,就吃点东西,然后继续。如果恰好绕回到酒店,她就回房间坐一小会儿然后再出去继续行走。她不作打算,把一切都交付出去,像海面上随波逐流的弃物安然度日。到了第四天,旆蒙察觉到脸部微妙的变化。她走到镜前,被镜中的面容吸引。那张脸在笑。盈盈一层灰尘般的笑容浮动其上。

酒店前台在大厅叫住她的时候,她的脸上也正是挂着这样的笑容。

前台问她今天是否退房。

她想起自己只订了三天的房,于是掏出卡告诉前台她要续订。前台很快又把卡递回来,告诉旆蒙这张卡额度用光了。

旆蒙盯着退还的卡发呆。她以前从来没有想过卡还有额度。

前台说酒店十二点退房,但可以额外给她半小时收拾行李。旆蒙想起了那一堆再也不知道怎么穿回去的衣服。她告诉前台不用麻烦她没有行李。旆蒙只身离开酒店。

那应该是中午,一天里最温暖的时候。旆蒙走进阳光里,感到格外轻盈。今天一定能走更远,因为天气晴朗,也不用再回酒店。她伸手摸向嘴角，笑容更深了。

很久之前，有人说她应该多笑笑，所以这个人死的时候，她真的笑了。

她是在死亡中出生，在死亡中微笑的人。这一点现在已经被证实无误。

旒蒙又回到了海边。那应该是2004年1月的最后几天，好天气只持续了一会儿，阳光就消失了。眼前又是冬天惯有的阴冷面貌。北方的海在这样的光线下显得更加硬朗。旒蒙拐到临海的住宅区，在那里能听到海浪声，却不必再看见海。另外，蜿蜒曲折的水泥路走起来没有那么累。

身后有车驶来。旒蒙往边上靠，好让它过去。尽管这纯粹多余，道路足够两辆这样宽的车并行。车开到她身旁，速度放慢，始终和她保持一米左右的距离，很久都没有要开走的意思。旒蒙曾经很喜欢这样的场景——一次美好的散步，与一位不会说话的伙伴，同行只不过当时她设想的那个不会说话的伙伴是一条狗；而现在，它是一辆通用五菱。

走了好长一段路，旒蒙突然停住脚步。

刺耳的刹车声中，五菱跟着停下，保险杠紧贴着她的衣服。世界好像静止在这里。

驾驶座上的男人直勾勾地盯着她："上车吗？"

旒蒙转过身，隔着车前窗看他，她不认识他，海风真大，在他们之间吹来吹去，不知道想要做什么。

如果此时，那个人再说些什么，哪怕一个字，旖蒙都会掉头就跑。但是他沉默着，脸上带着不知所谓的表情，还有其他一些旖蒙当时并未注意到却感受到的细节，这一切都让她觉得平静。她知道如果她真的受伤，他也不会在乎。于是她靠近他，只是挪动一小步。

车门砰然打开。

旖蒙告诉那个人，她只有几十元现金，还有一张信用卡。但她没有告诉他卡里的额度用完了。

那个人点点头，几乎是用钦佩的语气夸她是有钱人。

旖蒙点点头，她不知道还要再说些什么。也许就这么一直站着也挺好，她很累了。"要去哪？"她问。

那人说了一个地名，她从没听过的。她问远吗。男人回答说不近。

旖蒙朝司机旁边的空座位看去，那上面有暖和的垫子，还绑着靠枕。

她爬上车，蜷缩进座位一动不动，由司机探身帮她关上车门。

身体随引擎震颤，路边的树木房屋开始缓缓向后滑落，滑落进昏昧模糊的背景里。

男人望着前方，一言不发开着车。他是个不问问题的好人，会把她带到一个连名字都没有听说过的地方，然后他将像面对命运那样把她扔下然后走掉。但在这之前，会有一段路要一起走。两边的车窗被摇上，出风口对着她呼呼吹出暖风。不光是表情，就连五官都被这暖风给吹跑了。但她很快适应了，只能模糊地感到身体随着车身摇晃。一种无关紧要的舒适占有了她，那么迅速，那么猝不及防。

旆蒙朝司机望去。

几乎是满足地，立即垂下眼睑。

她还从来没有看到过那样一张悲伤的面容。他会丢掉我的。她想。

付远则不同。即使是面无表情的时候，他那张俊朗面孔仍然给人在微笑的错觉。然而他并不爱笑，脸上很少会有表情，给人平静温和的印象，唯独眼睛例外。那里面住着两个微笑的小人儿。旆蒙见到他的第一眼时，就看见了那两个小人儿。

路连绵起伏，如同无边无际的海，一个浪头接着一个浪头。他们的车战战兢兢地爬过迎面而来的巨浪。最后，他们在一排旧公寓楼前停下。男人轻推旆蒙，让她下车。旆蒙以为他是要在这里把她放下，没想到他也跟着下了车。他带着她往黑漆漆的门洞里走。楼道的灯是坏的，只能借着住户天窗透出的光一阶一阶往上爬。爬到四楼，他们站在最左边那扇门的门口，一阵摸索。空气里飘浮着一股油烟味，透过隔壁磨砂窗户依稀能看见里面厨房热气腾腾的景象。

旖蒙木然地站在窗前，听着里面锅铲碰撞翻炒食物的声音。这声音清晰又遥远，好像是透过一面镜子望见的另一个世界。她曾经有过那样的生活，但是现在她在这里很好。

门开了。男人进去，一间一间地把所有房间的灯都打开。

旖蒙跟进去。两个小单间外带厨卫和阳台。基本的家具都有，却给人异常空洞的感觉，和旖蒙意外匹配，不具有任何需要描述的地方。

旖蒙在屋子里晃来晃去，找不到可以站定的地方。她上了阳台，最终在那里站住。已经天黑了，夜色从海上升起，远远近近的窗户里透出灯光。虽然看不见海，却能切实感受到脚底下传来的摇撼。旖蒙抓住栏杆，回过头。

男人紧挨她站着，因为阴影的关系突然变得不可捉摸。他比她以为的要高大。他们在阳台上彼此打量着，仿佛此前从没有见过对方，仿佛之后马上就要展开一场势均力敌的殊死较量。

男人突然抓住旖蒙的手腕。出于震惊和麻木，旖蒙任凭他把自己拉回房间，看着他关上阳台门。她应该问他问题的，可她没有需要知道的问题。或者应该喊叫，她张开嘴却发不出声音。

门关上了。他转过身，他和他的影子连成一片，向她压来。旃蒙退到墙角，她从兜里掏出所有财产，一些皱巴巴的纸币，还有信用卡，全部递给男人。男人看都不看，继续逼近。他已经来到她的面前，胸口几乎贴到她的面颊。旃蒙一动不动，伸出去的右手仍然停在刚才的位置。

"害怕吗？"他低下头问。现在，旃蒙能看到他的眼睛了，黑色发亮的星体。

"不。"她说，"别那样看人。"

"你害怕吗？"

"怕得要死。"

他盯着她，嘴唇微微一动。

旃蒙不确定他是不是在笑。她应该继续不动声色地观察下去，但是目光却不受控制地穿过男人的眼睛、墙壁、屋子、夜色和咸味的风，在漫无目的地游走过程中消散。旃蒙开始发抖。她问他为什么来这。男人说她应该知道。她想了想，又摇摇头。你叫什么？她问男人。男人告诉了她。那声音在到达她之前就消散了。

旃蒙点点头，费劲地将目光重新聚焦在他的面容上。一个模模糊糊的念头即将成形，但她似乎没法等到那时候。她失去了聚焦视线的能力。

地板在摇晃，整座大楼不过是海洋上漂浮的一座冰山。即使站在五楼，都能感觉洋流不知疲倦地奔涌。洋流将带着她们漂向不知何处的远方。斾蒙自以为听到水声。在想象出的流水声中,她终于意识到自己的疲惫不堪,轰然倒地,沉沉睡去。

这是一场潜伏在遥远过去的昏睡,由于被漠视太久而在隐蔽的角落里获得自身意志的昏睡,就像古代神话传说中的小动物在孤寒的山崖上修炼成精,得以附在斾蒙的身上。当斾蒙终于不支倒地时,昏睡便替代她存在于这个世界,完全占据她的身体与意识,连同梦的深处。斾蒙安然地接受这种侵占。昏睡完全遮蔽了她,是侵占,同时也是保护。它替她负担起身体及生命重荷,它替她活着,哪怕是以这样不堪的方式。

世界被隔绝在外,只有水声不绝于耳。

它从遥远的彼处抵达昏睡中的斾蒙。潺潺的流水声萦绕在她脑海,即使不用耳朵,她也能听到。当第一天男人关上门离开之后,那声音就随昏睡而降临,从十五年前的夜里传来。那个漆黑的夜,夜一样浓稠的河水,河水一样缓缓流去的两岸。她在其中,躺在船舱的窄床上,假装熟睡,因为长时间保持一个姿势而身体发麻,从微微睁开的眼睛缝隙里观察门口的黑影。黑影背对着斾蒙,她看不到他的脸。整整一个晚上,她都没有看见他的脸。有那么一刻,月光洒落在他的肩膀上,斾蒙以为他就会回头看她,但他只是稍稍调整坐姿。

即使有月光,他也不会看她一眼。

六岁的旃蒙握紧拳头,一动不动。咸湿的风打在她的脸上,湿了一大片。她已经开始想念阿母,那个从小养育她的乡下老女人,还有她家门口的菜田、兔舍里的肥兔子,烧柴禾的味道,瓷壶里灌满的高粱酒,还有左邻右舍喂过她奶的女人。才分开,她已经开始想念它们。她从没想到要和他们分开。然而黑影来了。旃蒙没见过他。阿母说那是她的爹。"叫爹。"阿母抓住她的胳膊。

"疼,阿母。"她叫。

"叫爹。"阿母死活不松手。

"疼。"旃蒙尖叫,眼里都是泪。阿母从来没有这样待过她。"叫我旃远。"影子说完,堂屋就安静了。没人说话。旃蒙抬头瞅他,泪眼模糊地怎么都看不清这个人。她别过脸,任阿母把她的手交到影子手里。

"走吧。"阿母一挥手赶他们走,狠下一半心肠又不舍得,一路送他们到码头,一路的嘱咐,一路也只有阿母的声音。那些声音有些被风吹走了,有些被咽下去了,剩下的那点旃蒙记在心里带上了船,却在那天夜里被流水声带走,什么也没留下。

只有水声在耳边,闪着黑光,载她回城——那个据说是她出生的地方。

她在哪里?不在此地,不在彼地,在路途中,无法标定的某个地点。和那个晚上一样。距离哪里都是遥远。只有水声始终都在。她生命的秘密河流。上一次它带走了阿母的声音，这一次呢？旃蒙不怕。现在，它什么也带不走了。她已学会如何和它共处。

在之后半睡半醒的时间里，那水声没有一刻停止过。而身边的人总是静默。彼时的父亲，此时的他。

男人接收下昏睡中的旃蒙，将她——一个连名字都不知道的陌生人，独自留在这里，以救助被弃宠物的方式加以照顾。每过一两天带来一些简单的食物，然后带走前一天留下的垃圾。最开始，他几乎不怎么逗留，往往放下东西收拾走最显眼的垃圾就离开。突然有一天，他开始更细致地打扫起屋子。扫地、擦桌子、拖地，甚至连屋顶角落的蛛网也不放过。过了几天他把窗帘拆下重新洗过再挂上，给冰箱除霜，几天后他重新摆放书柜里仅有的几本书，清洗沙发套。他以难以置信的从容和安静有条不紊地进行着清洁工作。在他忙碌的同时，旃蒙以沉睡者的姿态躺在床上，一动不动。仿佛有一道魔法，令他们彼此看不见对方，唯有这样才能解释双方之间近乎坦然的无动于衷。也正是基于这无动于衷，两个人相安无事。他不嫌弃躺在那的这个人碍手碍脚，她也不会猜忌他这样忙碌隐藏着无聊的恶意。旃蒙深信他并不是想要将她唤醒。无论她有多任性地睡下去，他都会全盘接受。

再后来的日子，男人不再大规模地清扫房间，似乎房间已经合乎他的要求，成为能够容下他的所在。于是有一天，他为旒蒙送来盒饭后，并没有像以往那样清扫垃圾或者动身离开。他坐进起毛并散发着洗衣粉香味的沙发里，然后就一直坐在那里，像个独自在家的男人那样打发时间，看当天的报纸，修剪指甲，玩填字游戏，喝啤酒，打瞌睡，待上个几小时再离开，完全没有因为床上躺着一个女人而感到拘束。床上的那个女人也并没有因为他的存在而受到影响。流水声仍旧潺潺流过耳际。

身边的男人缓缓沉没在自己的世界中。她躺在一边，似睡非睡。这一切，都将旒蒙带回六岁时经历的那个夜晚。好几次从昏沉的睡意中醒来，她几乎相信自己又回到了那个夜晚。

男人对此一无所知。对于旒蒙，他仍旧停留在最基本的照顾。

四月的某一天，他推门进来。这天是周二，按惯例他带来楼下粥铺的凉菜和鱼片粥。东西搁在靠床的茶几上。他开始收拾餐盒。昨天的排骨盖浇饭还在那里，没有被碰过。男人走近床，借着昏暗的光线端详旒蒙——那张如同大理石做成的面容——一如既往地紧闭的眼帘，凹陷的脸颊，干瘪的嘴唇，以及石头一样沉重的沉默。这是他第一次这么近距离观看熟睡中的旒蒙，以至于一时走神，差点忘了观察的目的。

他伸手摸她的额头——其实在那样做之前,他已经知道了答案——旃蒙发烧了。也许是昨天晚上,也许是中午他离开后,也许是更早。他不太留意饭菜剩下的情况,直到这时。人的身体真是奇妙,他望着那张憔悴的面容想道。她早该病倒的,却一直撑到现在。这一延后到底是为了什么?仅仅是生理上的坚强?看看这张脸,带着死者才有的平静。没有痛苦,没有呻吟。男人买了退烧药和白粥回来,喂她吃下,倒了杯水搁在床头,然后重新回到往常的生活里,仍旧瘫在那张旧沙发上,玩填字游戏,喝啤酒,打瞌睡,最后离开。他没有因为旃蒙的病而慌张,没有带她去医院,他连体温计都没用,只是凭借常识漫不经心地照顾病人。他把她捡回来,安置在这,照顾她,却并不在乎她是谁。他们彼此达成默契,以最任性轻率的方式对待对方,并毫无怨言地接受对方的轻慢。他们是否真的达成了默契?这个女人是否和他一样明白这一点,还只是他的一厢情愿?有一点毋庸置疑:他们相互隔绝,各自生活在自己的世界,其间只隔着这个女人的眼帘——她总是闭着眼睛,不管是否睡着。现在她终于睡着了。

旃蒙迅速地消瘦下去。男人没有因此动容。他铁石心肠地按照自己的方式照顾旃蒙,然而就是被那样照料着,旃蒙的高烧还是一点点退去。她恢复了意识,能够自己进食吃药，重新躲进真假参半的昏睡中。生病的事情，她并没有太多印象。随着时间的推移，原本模糊的记忆被完全淡忘。在旖蒙关于那间老公寓的记忆里，只有两件事在缓慢中被定格。一个是耳边无法消逝的流水声，另一个是咫尺之外的陌生男人。几乎在同时，这两件事变得清晰无误，清晰到旖蒙难以忍受。即使闭着眼，她也能感受到它们的存在。旖蒙不得不醒来的那天就这么到来了。

睁开眼。房间里的黑暗似乎受到了惊吓，向墙壁褪去。

旖蒙起身下床，试着在房间里走动，没几下又退回床边坐下。两条腿发麻发痒。她忍不住笑了，但是好像连笑也变得生疏起来。

到底这不是重生。

她醒来前就知道会是这样。她决定开窗通通风，走到窗前又犹豫要不要拉开窗帘，从窗帘底下透进来的光明亮又坚硬，令她退却。她拉开半边窗帘，日光倾泻，旖蒙倒退进阴影的保护里，拉了一把椅子坐下，盯着地板上的日光和它打下的影子，津津有味地看它们渐渐移动，还有纱窗被风撩起时影子的变化。她看得太专注了，都没有察觉到有人来。

那个人径直进屋，拉开剩下那半边的窗帘，略略停了一下，好像是在欣赏窗前的风景。

旖蒙注视着他的背影。这个人不是带她来这儿的男人，这个人连背影都那么快乐。

男人回过身，看见旖蒙，大吃一惊。"你是谁？"他冲她喊。就是这张脸。脸色煞白的受了惊吓的面孔，旖蒙心想。

她一直在等待这样一张脸，等待它将她唤醒。

她想给他一个合理的解释，却发现给不出什么有用的信息。那个人走到她面前。他平静下来，细细端量旖蒙。

"你叫什么名字？"他问。

旖蒙没说话。

"你在这有多久了？你是怎么进来的？"那个人没有气馁。

旖蒙迎向他的目光。

"你说不了话？"他说着，笨拙地打了个手语。

旖蒙点点头。

对方笑了。"可你倒是听得见。"

旖蒙也笑了。

她不擅长说谎。她也希望自己能够给出回答。倒不是这些事本身很重要，她只是纯粹心怀歉意。她开口问那个人现在是什么时候。那个人告诉她是中午。不是这个意思，她说。那个人想了想回答说今天是星期六。不是这个意思，她又说。

那张年轻的面孔陷入轻微的困惑中。他想了一下，告诉旖蒙那天的具体日期。

6月22日。旆蒙轻声重复了一遍日期，点点头，仿佛在品味只有她能听见的回音。

在日期的回音中，男人突然开始自我介绍。先是他的名字，然后是职业。他是大三学生，还是个鼓手。他说接下来这个夏天他的乐队会在平城的一个酒吧驻唱，但是乐队没有在平城租到合适的房子，他打算在橘岛姐姐空着的公寓里住一个夏天。就是这里。反正从这里出发坐船半个小时也就可以到平城。

"是丁未送你来的吧？只有他和我有这里的钥匙。你看着不像闯空门的。"鼓手问。

她无动于衷地听着，即使抬起眼睛撞到他的目光，明白他想要安抚她，仍旧毫无触动。也是在那刻，旆蒙忽然明白了，鼓手见到她的第一眼时，错把她当作某个他上过床却不记得的女人。

从门口传来脚步声，那个人送饭来了。旆蒙看着他走进房间，她还是第一次在这么明亮的光线下看见他。歌手见到他拉长脸打了招呼，他管他叫丁未。

——丁未。

像咀嚼日期一样，旆蒙在口中咀嚼起那个人的名字。同样没有味道，同样不真实，比明晃晃地闪着绿光的夏日更不能期待。等她回过神，发现那两人都跑去隔壁了。丁未带来的外卖搁在茶几上，用好看的陶瓷盆盛着。用了那么久，旃蒙才注意到它的好看。打开看，照旧是粥。旃蒙拿起勺的时候，隔壁屋吵起来。但或许之前就已经吵起来了。房门砰的一声被关上，里面的声音再度压低。旃蒙拨开表面一层粥，热气从她划开的皱褶处冒出，散在明艳的光里。她轻轻吹粥，小口咽下。只是白粥都那么好喝。她感到元气注入身体，尽管微小，但似乎足够了。身体微微冒汗。光线也不那么让她恶心。喝完粥她就有力气可以离开了。

从隔壁房间猛地传来沉闷的响声。重物相互碰撞纷纷倒地的声音，夹杂嘶哑含混的咆哮，紧接着一切突然安静下来。安静得不像有人在。旃蒙打开小菜包，放了一些鱼干在粥里，正要开动，脚步声纷沓，那两个人又回来了。

丁未一把拉起旃蒙。

旃蒙几乎是被拖出屋的，跟跄跟着他下楼梯的时候腿一软险些跌倒。

"你还行吧？"他用力抓紧她。

"还好。"

"还记得怎么走路吗？你躺了四个多月。"

"我是不是该倒抽一口气表示惊讶。"

"不用，留神脚下就行。"

他们冲出那幢房子，五菱通用停在院子里最显眼的位置。男人跳上驾驶座，旃蒙站在外面。两个人隔着车前窗瞪着对方。引擎声轰鸣，压过了其他所有的声响。有那么一秒钟，她相信他会这样把车开走。

"上来。"他收回目光，抓住方向盘。"去哪？"

"冬天的时候你问题比较少。"丁未转动方向盘。车擦过围栏调转方向。

"我给你惹麻烦了吗？"她问。丁未猛踩油门。

似曾相识的沿路风景不断向后滑过，但又好像永远也不会被真正抛开。

旃蒙再度丧失了时间感，被拽进了明晃晃的夏天，一路随着车身颠簸。这辆车怎么看都不像有要去的地方。在这世界上某个地方，还有人正锲而不舍的追查她的下落。他们一定不知道，她已经快把自己丢了。

她没有问，也没有去看丁未。倒是他的侧脸不时随着车身晃动进入她的视野。那个人与其说是愤怒，不如说是绝望，等待空气缓慢如抽丝般全部抽走的绝望。

他不知道要把我丢到哪呢。旃蒙这么想着，反而松了口气，就这么蜷缩在通用五菱里挺好，不再需要时间。丁未放了首老歌，好像是Dire Straits或者别的谁的歌。从音箱里流出几十年前的忧思，在车上飘荡开，也并不比其他事物离她更远。

身边的这个人也一样，以某种形式蜷缩在遥远的过去，或者比过去更远的莫名彼端。他们都清楚,他没有真的急着要去哪里,而她也并非要留在这里。

他们在起伏绵延的公路上滑行。海会在最不经意的时刻出现在一边。透过贴了深色膜的车窗,外面的世界显得沉静安宁,仿佛发了黄的照片,不会受时间的腐蚀。阳光,时间,以及那些转瞬而逝的事物都被过滤干净。

无论什么时候,什么天气,躲在这里是安全的。那深色暗沉的空间里有一些东西接近永恒。

那张CD丁未放了很久,久到旆蒙终于想起它的名字Brothers In Arm,它一遍又一遍放着,好像永远也不会停。车前面的路似乎也没有尽头。丁未轻轻打起拍子。当车经过某个地方,他手一指,报出它们的名字,或者别的什么。

"灯塔。"

"栈桥。"

"酱油博物馆。"

"溪谷。"

"看,教堂。"

"那边有家店的面不错。"

"浴场现在是人最多的时候。"

话音好像疏雨打落,淅淅沥沥。开始的时候,旆蒙还顺着他手指的方向望去,到后来就不再留心去听。话语本身失去意义,只留下声音。车内似乎下起了雨,而车外,无一不过是寥廓无垠的宇宙的某个碎片。时间呢，仍然无从判断。

那天斾蒙所看到的景象，她之后再也没有见到过。无论她后来怎样找寻，都是徒劳。有时候，在某个地方，她以为她找到了当初所见的那幢房子、那个灯塔、那片海滩，但这种感觉不会停留太久，她很快意识到她得到的只是一种遥远的相似。那个夏天，丁未驾驶着通用五菱带领她游历的橘岛已经消失。这座岛屿从天而降，又忽然消失，它只存在于那一天。再没有可以抵达的路径，连回忆也不可以。回忆只是歧途。至于留下来的那个橘岛，只是另一个看起来很像它的岛屿。

那天，斾蒙透过茶色玻璃观望两边再也不会出现的风景时，并没有意识到这点。她甚至没有注意到海边绚烂的日落，好像只是听着老歌，还有丁未的只字片语，天光就暗下了。他们开到了土路上。丁未打开车头灯。

车前杂草丛生的土路上，一只猫从车前闪过。车上的人屏息无语，默默回味刚才的一刹那。猫的出现似乎预兆着什么不得而知的事情，不等他们明白，又迅疾消失在车灯光之外的黑影中，仿佛只是一道幻影。

我们好像从那只猫的幻影中穿过。斾蒙心想，接下来会是什么？他要一直这样开下去吗？

斾蒙脑海里浮现出宇宙飞船。他们好像置身于一艘宇宙飞船，沿着公路，越过山脉，跨过国界，经过每一个亡者的幽灵，当洪水到来的时候，成为方舟继续漂流，向着时间与空间尽头一直漂下去。旆蒙默默注视着丁未紧绷的侧脸。那一刻，她几乎可以肯定自己的猜想。然后呢，她就这样坐在他身边，继续说话，将自己的声音也化作雨声投入他的那场大雨中。是的，毫无疑问，她是他的同谋。

"你要说什么？"丁未朝她转过脸。

旆蒙想说她什么也没想，一转念改了口。她说："宇宙飞船。""什么？"丁未猛转方向盘。车身再次擦过路边护栏。

"有一本书：里面讲了一艘能够自己收集燃料自给自足的宇宙飞船，出发的时候都很正常，计划用几年时间就可以到达目的地。但是中途不知道什么原因，这艘飞船越开越快，船员们想了很多办法都没办法让它减速。它开得越快，飞船里面的时间就过得越慢。最后，飞船里的一天大概要等于地球上的几百年。"

旆蒙停下来。耳朵里嗡嗡地响。

丁未的声音穿过嗡嗡声："是相对论。"他说。旆蒙想象着那艘越飞越快、永远也回不来的飞船，还有那些再也没法回到以前生活的船员。他们在船上的一天，地球上熟悉的一切都已经不再。她感到晕眩，不知道为什么要讲这个故事。

丁未问："后来呢？"

"后来他们飞到另一个宇宙了。"她说。

丁未发出急促的声音。旆蒙望着他的脸。怎么看，那张脸上刚才闪过的也不像笑容。

"你真不会讲故事。"丁未评价。

旃蒙大笑。今天她的话太多了，多得让她脑袋发胀。嗡嗡声仍然还在耳边不绝。为什么要说这些莫名其妙的话？她像个傻瓜，而生活总是让人精疲力竭。她以为自己快要哭了，身子蜷缩，双手掩面。似乎酸涩的潮水即将漫上她的面孔，淹没她的魂灵。但是并没有。她的内心空空荡荡，此刻她已被耗尽。旃蒙放下双手缓缓坐直。

她对丁未说：我想说我饿了。

丁未放慢车速，在前面路口掉头，往来的方向开。

经过巴士总站，车子往山上开，起先还有饭馆，纪念品小店，潜水器材店，后来沿路基本都是两三层楼的民居。坡很陡。旃蒙仰靠在椅背上，有种飞船发射前的错觉。他们在半山腰不起眼的小楼前停下。丁未带着她穿过马路，进了一家美式酒吧风格的饭馆，里面放着吵闹的雷鬼乐。空调开得很大。黑板上几行今日特色菜。服务员一人捧着四五杯扎啤从他们面前跑过。大部分座位都有人了。

丁未在她耳边大喊，要她去门口长廊等着。过了一会儿他捧着两个冰淇淋杯出来坐在旃蒙边上，打开其中一个，大口吃起来。旃蒙拿起剩下的那个。长廊的光线昏暗，看不清冰淇淋的颜色。旃蒙问丁未他吃的是什么口味，丁未说是香草的。旃蒙看着自己的那份冰淇淋在夜色里悄悄融化——待会儿就可以知道它的味道——以前在家里她总是饭后才吃甜品。

饭上得格外慢。他们坐在高脚椅上，无所事事，不停抖动身体，防止蚊虫上身叮咬。身上的汗渐渐被海风吹干。海浪声从路那边的房子后面传过来。原来那边是海，旃蒙想着，不由和身边那个人一起放目远眺那一片天空。

还是那个服务员，变戏法般一趟就把食物餐具全部上齐了：一个双层牛肉汉堡，一个蔬菜鸡蛋三明治，两份例汤，一份炸鱼薯条。

丁未把蔬菜三明治的盘子推到旃蒙前。旃蒙说她想吃汉堡，丁未说她最好只吃三明治和浓汤。事实证明他是对的。吃完饭还没来得及吃甜品，旃蒙就把刚才吃的都吐出来了。最激烈的一阵过去后她觉得好受些刚直起身，立刻又弯下腰。难以置信地望着一堆黏糊糊散发恶臭的物质从体内倾出，等到胃液清空她开始干呕，半跪在地上忍受着胃一阵强过一阵的痉挛，那时候身体忽然变得有实感起来。感到痛苦的时候，人就会觉得自己活着。

丁未站在边上。旃蒙可以看到他的鞋子，有时还有小腿，生根般站在原地。等她停下，他递上水。从饭馆窗户透出的光落在他的脸上——就像海浪里破碎的月亮倒影。服务员不知道什么时候过来的。手上拿着热毛巾，摁住旃蒙的头用力擦她的脸还有头发，异常缓慢仔细。她比斾蒙高出一个多头，短而浓密的卷发，露出好看的肩颈。擦了一遍后，她又把斾蒙拽到走廊灯下，目光灼灼地审视着斾蒙的脸，确认干净了才垂下握毛巾的手。斾蒙向她道歉并道谢。服务员不吭声，仍旧直直盯着她，听到里面客人叫她才进屋招呼。丁未问斾蒙还能走吗？斾蒙说能。丁未把车钥匙给她，让她在车上等。过马路记得看车，他又加了一句。

斾蒙上了车，看见刚才那个服务员从店里出来。服务员朝车这边飞快地瞥了一眼。天太黑，斾蒙看不清她的表情，甚至都不确定女服务员是否真的在向车里张望。店里似乎不那么忙了。服务员从兜里掏出烟，点上一根。丁未从她的烟盒里拿出一根，打了几次火，都没着。服务员把她嘴里的烟让给丁未，利落地点着那根丁未怎么都点不着的烟。从斾蒙的位置看，那两人如同两个吝啬动作的默剧演员，简慢却默契。

他们一块儿抽烟，断断续续地说着什么，伴随一些手势，间或挪动重心变换站姿。忽然间，有那么一刻，他们停下来，陷入完全的静止——似乎连呼吸都已经停止。两个被凝固在夏夜海风中的黑色身影，诡谲又静谧。

丁未和女服务员聊了很久。中途女服务员又跑回店里照顾了一阵子生意，然后又回来。站了那么久，他们并不急躁，慢慢说着什么，有时候一个人说了一句话，过了半响，等鼻腔吐出的烟雾彻底在空气中消散后才接下去说。有时候旖蒙无端感到他们投来的目光。虽然并不能真切看见他们的脸，但那两个人落在她身上的目光就像活物一样在她身上游移。旖蒙想起来那些还在找她的人。她应该查一下轮渡时刻表，明确离开这座岛的渡轮最后的发船时间。她需要一点力气，让她离开这辆车。

女服务员掐灭烟头，打着电话推门进了饭馆。丁未缓缓朝车这边走来。

他站在车外，单手扶着车门打量了一会儿旖蒙。走吗？他问。

旖蒙不确定自己回答了没有。她以前就有这个毛病。凡事认为百分百肯定的，或者只是纯粹表达赞同和喜悦的话，都只会在脑海闪过后，自动省略。

丁未带着一身烟味上了车，瞥了一眼旖蒙，发动引擎。

车驶进大路。没有兴之所至的掉头，没有无意义的转弯，这一次是径直奔向哪里，一个明晰的确实存在并且能够到达的地方。他们经过之前路过的地方。

旖蒙斜眼瞥见丁未嘴角上扬，问他是不是在笑。丁未说没有。旖蒙沉默了一会儿，问他和服务员在聊什么。丁未嘴角扬得更明显了。他告诉旖蒙，服务员觉得她很奇怪。奇怪什么？旖蒙的眼睛被迎面而来的车灯晃了一下。丁未说，服务员奇怪为什么有人吐完之后反而更精神了，好像摊上了什么好事。

好事？旖蒙被逗笑了。她已经很久没有碰上什么好事了。前方一个可笑的充气标示一闪而过。

旖蒙指指车窗外，说："海洋馆。你们这的海洋馆都长得好像。"

"我不会解释的。"丁未说。

他肯定怕得要死。旖蒙心想。当然，自己也没好到哪里去。旖蒙把头靠在车窗上，笑容沉到轮下。车轮安静下来，迅疾迎来的黯淡光影从他们的脸上掠过。一种无可挽回的宿命感笼罩在车内。两个傻瓜。仓皇逃命的亡命之徒。自以为是说着笑话，心里却怕得要死。旖蒙清楚地知道无论是自己还是现在开车的那个人，都没有准备好去应对将要发生的事情。也许他会比她好些，但也强不了太多。而且，他才是那个现在要付出代价的人。他们正毅然而然地奔向某处，一个几乎是旁人无法达到的某处。越是接近那里，丁未脸上的神情越紧绷——那是一种类似屏住呼吸的神情。所有称之为表情的东西都隐退在紧绷的面孔之下。

路程比想象的要远。车已经开出中心区。路两边的景致单调乏味，大片的田地，矮矮的树。每隔一会儿就会从黑暗中跳出一栋难看的郊区别墅随即隐没废弃的游乐场一晃而过。最后，所有这些不知所谓的人类痕迹都消失了。尽管如此，当山巍峨的黑影森森压向车前窗时，旖蒙还是有些吃惊。她打开窗，海风扑面而来，腥湿温暖。海浪声从远处的黑暗里传来。一天即将结束。这是从旷日持久的昏睡中醒来的第一日，漫长却空白。

五菱缓缓驶上山，经过黑黝黝的建筑群，又向上摸索一阵后才缓缓停下。引擎熄灭，车灯暗下。他们默默坐在车里，谁也没有动。四下一片安静，除了彼此的呼吸就只听见远处潮汐不倦地拍打。黑暗中，潮水声从四面八方涌来，拍打车身，眼看漫进车内。

"下面是海？"旖蒙轻声问道。"嗯。"

"好像就在脚下。""到了。"他说。

旖蒙跳下车，双脚落地的同时，也看到了那被笼罩于自身光芒之物。

在半山临近悬崖的空地上，它静静矗立，尽管不在月光沐浴中，但周身仿佛长满鳞片般折射出细碎的光芒。那栋楼看起来形同活物，一头被囚禁在自身光芒中的活物。

它并不美丽，普通两层楼的长方形结构，通体混凝土筑成，斜坡屋顶。与其说是屋子，它更像是野兽，或者是梦魇。

是很难看。

旖蒙被丁未的声音惊醒。

"你，进来吗？"丁未说着，推开门，消失在里面。

旖蒙踏上被杂草淹没的石阶，沿着从屋里泻出的光径，走向洞开的大门。

‖ 付远的话

付远：

旗蒙没有办法一个人活下来。她好像生来是为了被人照顾的。从小到大，始终有人陪在她身边，为她打理日常生活，给她陪伴。这种关照虽然粗疏却没有断档：每当有人离开，就会有另一个人出现，补上那个位置。人们都认为我会是最后那个照顾她的人，会陪伴她到最后。

她从来没有独自去过哪里，独自生活。一切过于来得理所当然，连本人也没有意识到其中的不自然——一个玻璃罩下的无害生命。我们并不介意，慷慨地给予，因为她要的并不多。最严酷的冬天过去，天气转暖，偶尔我会想起她。哪怕是最友善的季节，我都没法想象她一个人的样子。没有技能，没有社会经验，也一直没有太多的欲望。

我们都做了什么，让这一切发生。

2、他们飞到另一个宇宙了

被带到怪异住所，睡在别人的床上，异常清醒。不断从房间某处传来微弱急促的声音，侵入她的心念，尽管那里空无一物。一次扫兴的入侵好像枯叶打转飞上空荡荡的天空。旖蒙翻身下床，光脚走到沙发前，在丁未身边坐下。他的脸随屏幕游戏画面切换而光影变幻。游戏音量被调到最低。旖蒙听到的是他敲击手柄按钮的声音。塑料质地的键被重重摁下，打到底板上，反弹，在深寂的暗夜里发出短促脆响。那双手仿佛有了生命，被赋予强烈意志，迅疾给出击打。它仿佛和丁未毫无关系。后者瘫坐在沙发上，梦游般平静，看上去像是睡着了。

看上去要睡着的人忽然嘴唇翕动。他问旖蒙："玩吗？"旖蒙不懂他为什么要压低声音。她点点头，接过丁未递来的手柄，跟在他后面打。那是一个黑帮游戏。主角是名恶徒，开着敞篷车，在HIPHOP的音乐里四处杀人作恶。旖蒙不知道游戏的名字。她从来没有玩过。实际上，她从来没有玩过电玩。她知道自己玩得很烂。

旖蒙感到丁未的眼角余光。

一局结束。丁未拿起另一个手柄，换了个简单的双人游戏。他切换界面，帮旖蒙选择了角色和装扮，简单讲解玩法和规则，最后总结说旖蒙只要紧跟着他，不要迷路就可以。这次是三国时代的打斗游戏。他们是同一阵营的两名大将，一起闯关。

走，快跑，上马，补血，拿装备，靠河走。丁未给出简单的指导。

斾蒙听从丁未的指示，始终跟在他后面，替他抵挡一些小角色，或者寻找宝物补充体力。

屏幕上战斗激烈，战将咆哮怒吼，兵器撞击，火星四溅，石崩地裂，战场上杀声冲天，所有剧情被剥离声音在无声中推进。一场惊心动魄的默剧面前，他们平心静气。斾蒙学得很快。跟着丁未连续过了好几关。手中的手柄发出不同节奏的击打声，应和着丁未的手柄。汇成单调却令人安心的声流。他们并肩坐在一起不动声色地过了第四关。

丁未问斾蒙困吗。斾蒙说不。丁未保存游戏记录，换了另一个游戏。他告诉斾蒙明天他要上班，一大早就得走，她不能一个人留在这也得出门。斾蒙眼皮发沉，睡意恍惚，她问能不能待到中午再走。丁未说不行。斾蒙说好。丁未问你听见我说什么了吗？斾蒙脑袋一沉，随即抬起头，大声回答，听见了。

凌晨四点的时候，她靠在沙发上睡着了。

被丁未推醒时，她还以为只睡了一小会儿。想要再睡，却直接被丁未拖起来架到门口。丁未说来不及了，他上班要迟到了。斾蒙想起昨晚丁未说的话。原来他有工作。她问现在几点，丁未说早晨八点。斾蒙不信——屋里明明那么暗。

出了门，站到太阳底下，斾蒙才相信丁未的话。他没骗他。太阳明晃晃地照在脚下这片杂草丛生的废弃院子里。天，真的亮了。身后传来钥匙锁门的声音。

快点，丁未催她。他转眼已经走到院门口。旖蒙跟上去，问：你上班，那我去哪？丁未没理她。旖蒙还想问下去，但那刻所有能想到的问题全都蠢不可及。她刚刚被人从梦中叫醒，还没有完全回到这个世界。

眼下发生的事，丁未所有的动作，都超出她大脑能接受的速度。旖蒙下意识地闭上眼。她现在该去哪儿——这本来对她不是问题的，她本来哪里都可以去（除了一个地方）。冬天来到橘岛的时候，她还是自由的。可现在……

她睁开眼，跟在丁未后面。

挨着五菱，斜着停了一辆白色雪铁龙。一个女人倚靠车门抽着烟，看到他们过来，嘴角露出浅笑，猫腰进了雪铁龙。

丁未示意旖蒙上那辆车。旖蒙认出女人是昨天的那个服务员，犹豫了一下，朝雪铁龙走去。她听到丁未在她身后对服务员说他晚上会去她那。服务员做了个知道的手势。旖蒙跟着上了车。服务员瞥了她一眼，提醒她系上安全带。这时候，丁未的五菱已经掉头上了马路。他们目送着那辆车消失在山路的拐口。

好一阵，她们的车都没有动。服务员搁在方向盘上的那双手黝黑粗糙，手指修长，海底生物般有力。只是右手中指第二指关节略微粗大。旖蒙望着它们发呆。

他晚上会来领你回去的,服务员掉望着旆蒙。神态介于安慰和嘲讽之间。

旆蒙纠正她:他晚上会去你那接我。

服务员耸耸肩说,别在意细节。没有什么细节值得在意。说着她发动了车。好像必须这样说句话,她才可以把车开起来,旆蒙想。醒来后,她就这样任陌生人带她从一个地方到另一个地方。在这个岛上每个人都看起来比她有主张。他们甚至都不认识她。

她是谁?她从哪来,她要去哪?这些人无意追究这些问题。他们甚至不问她的名字,以便她随时离开,无须牵挂。就像有些人刻意不给捡回的流浪猫取名。

女服务员把车开得飞快。她的眼睛里闪烁冷峻的笑意,头发在热风中飞扬。早几百年,她应该是在森林里身披兽皮、手持长矛追赶猎物的女猎手。到了相对热闹的地方,路上能看见其他的车,红绿灯也多了起来。雪铁龙本来还好好开在大路上,却猛地拐进只有当地人知道的小路,几个转弯后又回到大路。她告诉旆蒙,她叫易安,橘岛人,和丁未认识很多年,在半山开了个快餐店,就是昨天那家。有个弟弟。

"你可以叫我大姐。"她对旆蒙说。

"什么?"

"他们都这么叫。"她停了一下,很快接下去说,"之前你住的那个地方，是我闲置在那的一套公寓。你见到的那个鼓手，是我亲弟。"

"所以你要我叫你大姐？"旖蒙以为自己听错了。

"嗯。"

"因为我在你公寓住了几个月吗？"

"什么？"

"因为我在你公寓住了几个月，所以我要管你叫大姐？"

"你是故意这么不讨人喜欢的吗？"

雪铁龙在连锁商场停车场停下时，旖蒙才知道原来他们不是要去大姐的饭馆。半个小时后，他们从商场出来，旖蒙有了自己的夏装，白色短袖衬衫，藏蓝七分裤，整洁合身完美替代原先身上那套大得离谱的衣服。丁未的T恤和沙滩裤，旧得发白，松垮柔软，穿在身上完全可以忽略存在，褪下时好像褪下一层皮。更衣室里，旖蒙神思恍惚，对着手中一团发白的衣物，她好像剥去皮肤的幼兽。她们又去了对面的大型超市。旖蒙任由大姐给她买基本生活用品，默默跟在后面，看大姐挑选，被问及诸如这条毛巾怎么样的问题时点头说好。工作日结账不用排队，大姐利落地刷了卡付了钱。旖蒙两手提着购物袋，里面装满了没有其实也可以的东西——牙刷、牙刷杯、牙膏、毛巾、更换毛巾、梳子、肥皂、润肤乳、内衣、T恤、衬衫、仔裤、睡衣、拖鞋。它们莫名地给旆蒙的未来提供了一些她没料到也不期望的线索。现在看来她要在这座岛继续待一段日子。现在是上午，旆蒙想今天一定能坐船回平城，然后乘高铁去下一个城市。大姐又问她有没有手机，旆蒙回答说她没有也不需要。但是车还是不容分说开到了手机专卖店门口。这次旆蒙没有下车。她告诉大姐没钱买超市里那些东西，更没钱买新手机。大姐眯起眼睛盯着旆蒙，她说她会借给旆蒙。旆蒙问怎么还，大姐说刚好她店里兼职服务生走了，现在店里正缺人手。旆蒙没有动也没出声，大姐问她下车吗？旆蒙这次开口了，她说她想待在车上。大姐点点头，做了个随便的手势，她解开保险带，打开车门，一只脚已经跨到车外，又回过头看旆蒙，问：你不会就这么走了吧？

为什么不？

旆蒙低头盯着自己的鞋子。确切说，那是丁未的鞋子。等到大姐走远，她才抬起眼睛。车钥匙并没有拔下，她只要坐到驾驶座上，转动车钥匙，踩油门，就可以离开这里，比坐火车还方便。那时候教她开车的人不会想到会有这么一天。所有那些教给她技能的人都想不到会有这一天。旆蒙将把所有力气所有技能都用在逃跑这件事上，如同一艘开足马力拼死逃出太阳引力和致命辐射的失控飞船。她嘴唇发干，喉咙发痒。日光猛烈野蛮，轰然落下。车顶盖、车前窗，还有把她和外界隔离开的车体部分正在日光的重压下高频率震动，濒临解体。

大姐回来的时候发现车里比车外热出一倍，她奇怪旆蒙为什么把空调给关了。旆蒙说她冷。大姐要她坐到后排去，转身把空调开到最大，又从哪里翻出一条旧毯子丢给旆蒙。

旆蒙拿毯子蒙住头。只要在黑暗里，她就不再抖。清晨起来的情形忽然重现。她忽然意识到丁未的屋子没有窗户。只在两米多的高处有一个小小的排气扇。光从那个口微弱地透下来，落在灰色混凝土墙上。排气扇叶片转动，拨动光弦。那一点变化既不会唤醒谁，也不会照亮什么。也许是她自己漏掉了什么，一扇窗户或者天井，一些可以带来光亮的东西。她不确定。

一路向东，太阳刺眼。大姐戴上墨镜，没人说话。戴上墨镜的大姐和旆蒙一样，满足于只有发动机声的宁静。有时候，人们会觉得所有的话都被说完。许多话，不过是一些声音。响亮的回声传回饭馆的路上，他们又去了水产批发市场，大姐摘下墨镜，开始采货，是鳕鱼还是三文鱼，是生蚝还是蛤蜊，旆蒙饶有兴致地看她挑挑拣拣，眼光老辣手法娴熟地购入食材。蔬果批发市场在两条街外。大姐带路，在人群车流中自由穿梭，进到仓库模样的建筑。大姐说，她通常都是更早的时候就来采货，一般好东西不会留到现在。旖蒙瞥了一下她手里提着的一袋牛油果,说那就别买了。大姐反问不买店里做什么?旖蒙说那就休业。

大姐瞥了她一眼,从货摊上挑出两捆芝麻菜,闻了闻放进旖蒙拎的篮子里,之后买的其他食材也顺其自然都放进了同一个篮子,然后由旖蒙将所有食材送到饭馆厨房,并将大姐处理食材的指令传达给帮厨。传达指令的时候,旖蒙脑子里盘旋着大姐下车时望向她的眼神,那眼神仿佛在说,你不是已经开始工作了吗?

一定要赶上末班船。旖蒙在心里提醒自己。

从厨房出来的时候,大姐正在收银台兑换零钱。

换衣服。今天不用你收银,先把菜单熟悉一下。大姐目不转睛地数着手上的零钱,一面对她说。她顺从了。她顺从了这个高个子女人的意志,就像海上废弃物顺从洋流一样。旖蒙抬头看了看墙上的老挂钟。不可思议,白天的时光委实漫长。现在才刚过十点。也许,她真的只是醒在一艘越开越快的飞船里,超光速,超两倍光速,超三倍光速,无限拉长的时间如银线一般。只要赶得上最后一班船就行,旖蒙心里想着,拿起菜单细读。

自出生起就没有被人问过长大想要做什么,没有人对此心怀憧憬,包括旖蒙自己。毕业后顺利进入研究所,担任实验助理这微不足道的职务,离心机分离细胞层,对着电子显微镜打基因枪,培养视锥细胞,她做得不比别人差,

41

也不比别人好。一旦熟悉，所有操作就沦为机械运动，即使走神也问题不大。就算每年会引进新仪器，助理所需要了解的操作方法也并不难掌握，都是抬腿就可以跨过去的难度。一定要回想的话，她是半心半意地在做着那份工作。比起工作本身，她只是喜欢研究所大片大片不同质地的白色，以及静寂中开着的低速运转的机器发出的白色噪音。她从不觉得自己擅长什么，那是要心怀热爱才可能有的吧。事实似乎并非如此。

那天上午，当旄蒙一度搁置自己离岛的计划，去顺从一个陌生人的意志时，她意外发现——即使没有热爱，仍能擅长某些事情。只需要调动身体就可以。然后，也许，甚至还可能会喜欢上这件事。

她的确擅长做服务生。不只是她一个人这么认为，饭馆里所有人都这么想。人们惊讶地发现，她能从容应对各种客人。中午，海边写生的大学生们和附近工地的工人都跑来吃午饭。店里一下爆满。门口站了好几个等位的客人，即使经验丰富的厨师和帮厨也应付得有些吃力。但旄蒙神情自若，穿梭在人群中，招呼客人。一开始点单还用大姐教她的简写方法，等人多起来后，她就纯靠脑记，一次也没有搞混过。尽管动作并不敏捷，却不慌张，无论被怎样催促埋怨，她也不为所动，仍旧按照自己的节奏不慌不忙地行事。就像她手上有一块橡皮，能准确地把一件件要做的事从未来擦掉。她不对客人微笑示好，不推荐菜品也不给出建议，有客人要求她推荐，要是细究的话，那种眼神，那种把对方当作要擦掉的图案的眼神，一定会让人恼火，但是在用餐的高峰时间，并没有人在意。毕竟尽早地吃到自己点的食物才更重要。

午饭时间过去，饭馆里只留了零零散散几桌客人。大部分都是一个人坐，守着一杯生啤，或者冰咖啡。旃蒙收拾桌子，清理剩下的食物。大姐递给她抹布，不经意问：你以前做过服务生吗？没有。她答。身子莫名有些僵硬。

大姐点点头："收拾完了过来，我教你收银。"昏昏欲睡的热风里，旃蒙停下来，一动不动，直视大姐的眼睛。旃蒙的嘴唇抿成一个奇怪的弧度，那表情像是一颗带盐味的糖。沉默了一会儿，她微微转身，一个难以察觉的微小角度的转身。她说："晚上我就走了。离开这个岛什么也不带。"

吊扇叶片匀速转动着，像一片肿胀的绿色花朵。远处响过几声海鸟的啼叫。

大姐打开水龙头，用力涮洗杯子。

恐慌什么也不是，只是压强远远少于760毫米水银柱重量的气压。肺泡的氧分压和动脉血的氧饱和度慢慢下降。于是喘不过气，被推向窒息的边缘。植物神经开始紧张，释放肾上腺素，血压上升，心跳加快，呼吸气促，这时候，皮质醇也被分解出来，造成胃酸分泌增多，血管因此可能堵塞。据说，许多人死于最低气压的时段，同样的，旆蒙也知道，许多人死于恐慌。

那个卷发青年和旆蒙几乎同时看到对方。目光落在她身上的那刻，青年定在原地，不顾其他客人推搡。旆蒙喉咙发干，下意识地舔着嘴唇，强迫自己镇定下来。

不过是一个在门口张望的客人，她对自己说。要不是穿着那样一件扎眼的荧光T恤，她都不会注意到他。真是做那行的人，绝对不会穿这种衣服工作。旆蒙安慰自己。卷发青年回过神，几个挪步挤出饭馆。他没有离开。透过窗户，旆蒙看见他在门口徘徊。荧光T恤掏出手机拨了个号，朝店里瞥了一眼，随即背过身，对着手机说着什么。

浑身的血液都不知道流到哪里去。旆蒙浑身发冷，脑子里一片空白。零气压的空白。肺里空气好像被抽空。只是一个电话。只是一个电话。只是一个电话。她站在原地，不断重复这六个字。一开始只是心思意念，渐渐成了默诵，最后发出了自己不曾察觉的声音，一连串急促含混的低语。必须全神贯注在这句话上，死死压制住那股冲动——那想要丢下托盘，夺门而出飓风般的冲动。

肩头忽然一沉。一只手落到她肩上。她跳起来，差点把托盘摔了，眼角余光扫到旁边——不是荧光T恤。

不知道什么时候，荧光T恤已经进屋，坐在一大堆人中间和人聊天。

她错了。他应该不是追踪她的便衣。

旖蒙腿一软,靠倒在墙上。整个人虚脱到连托盘都拿不稳。对着止不住发抖的双手,她差点就忘记自己逃亡的事实。因为在公寓里那似乎永无止境的沉沉睡眠,她竟然忘掉了恐惧的滋味。胆战心惊的每一天才是她当得的生活。她应当去更远的地方,找个人烟稀少的角落把自己藏好。

今晚必须走,旖蒙心想。

"我们见过的,在老公寓里。你不记得了吗?"刚才拍她肩膀的男人一直跟在她后面,喋喋不休。

旖蒙猛地停下脚步,转身正对他。"大概吧,我们见过。您想点单吗?请先坐下。"那人咧开嘴笑了,白而灿烂的一片。他开口说了句什么话,被咖啡磨豆机磨粉的噪音压过。他又讲了一遍:"在城里的旧公寓我们见过。我是易安的弟弟。我叫易泽。记得吗?我打鼓。"他做了一个打鼓的动作。

"噢,是你。这是菜单,你先看。好了叫我。"旖蒙把菜单塞给易泽,快步招呼门口等位的客人。

今晚。今晚一定走。旖蒙匆匆瞥了一眼墙上的钟。

旖蒙听到饭馆门口五菱的刹车声。她也不知道自己是怎么做到的——那时候饭馆嘈杂到必须扯着嗓子喊才能让对桌人听见。从什么时候起自己听觉变得这么敏锐？难以置信。她朝门口走去。刚过九点，还有时间道别。如果真的需要。

丁未从车上下来，抬头看见她。被霓虹灯光照到的那边脸上微微僵硬，像是夏夜里屏息等一只萤火虫从面前飞走，面容被微光掠过。

丁未在门廊角落找了位置坐下。旃蒙问他要点什么，他要了杯柠檬水。水送上来，切片柠檬加冰水。丁未接过来，盯着杯子里的柠檬。旃蒙忽然明白他要的其实是柠檬汽水，就问他要不要加薄荷叶。从里面传来易泽和他朋友们的笑声。易泽来之后，他的朋友陆陆续续都来了，不断拼桌加位，占了屋子快一半。丁未喝了一口水，继续盯着柠檬看。旃蒙瞧着他，问：你有话就说。丁未的嘴角阴影微微一深，说：你还挺适合这一身。大姐出来了，她给丁未拿来三明治和果汁，易泽跟在她后面。他的目光轻轻碰到丁未，两个人的杯子也是这样轻碰，算是他们的和解或者别的什么。易泽告诉丁未，他的乐队明年可能要出专辑，和唱片公司已经谈得差不多了。丁未问是不是还是去年签约的那家唱片公司。易泽说不是，他讲了一个名字。大姐说有印象，然后提到一个几年前的事。他们三个人回忆起那件事的一些细节，还有他们共同认识的人。随随便便地闲谈。那其中有大量的话因为彼此都知道被省略了，在成为音节之前就消失在夜色里。和其他认识多年的朋友一样，默契又倦怠，夹杂着沉默，在饮酒的间隙，令谈话本身充满气泡。旃蒙没有进屋。里边已经没有要什么照应的了。她站在一边，听着他们聊天，或者说仅仅只是置身于他们的声音中。她只是站在那里，手上还拿着托盘，一点点被令人惬意的倦意浸润。

他们吐出的字像海风。旃蒙心想。

她听到有人提到她的名字。是易泽。他问丁未现在她住在哪。丁未没吭声。大姐告诉易泽，旃蒙现在住在丁未那。易泽笑了，说丁未没有多余空房，旃蒙不会是住在光屋吧？大姐看着自己的手心说是，是那座光屋。

易泽朝旃蒙望去，目光意味深长。

原来那碉堡般暗不见光的楼叫光屋。旃蒙觉得好笑。

丁未放下水杯，站起身。他问大姐还有什么需要旃蒙做的吗？大姐瞧着旃蒙。她明白了旃蒙还什么都没有说。丁未并不知道旃蒙今天晚上就要走。大姐对他俩说他们可以走，晚上没有什么要做的。旃蒙脱下围裙，叠好放在桌上，进更衣室换上丁未的旧衣服。再见。她在门廊向他们告别。大姐点头。易泽也挥手。丁未已经在车上等她。旃蒙踟蹰不前。大姐说，让他送你吧，快一点。旃蒙想起来末班船的事情，小跑着上了丁未的车。开上公路的时候，她告诉丁未，去码头。丁未打开收音机，说，没事，在一个方向。

47

这个人不会为任何事感到吃惊。他像铁一样,从不为什么所动。即使知道旖蒙打算离开,他仍旧可以接受。他不会问问题,也不会判断好坏。对这个人来说,也许大部分事情都像遥远的海平线那样,自古就存在着。

"赶得上吗?"丁未问。

旖蒙看了眼表,问:"十点半还有末班船吧?""去哪的末班船?"

"平城。其实哪里都可以。""哪里都可以。"

两边风景颤动成一幅模糊图画。五菱一路飞驰。旖蒙抓紧扶手,注视着被车前灯照亮的路面,不再说话。很快就到了码头,丁未把车往路边靠,让旖蒙下车。旖蒙没有动,她想到了一件事。她对丁未说:"我没有买票的钱。"丁未点点头,似乎在赞同什么,几秒钟后他才明白旖蒙的意思。"哦"他若有所思地发出叹息。旖蒙观察丁未的反应。她想到这已经是她今天第二次说这句话了。她觉得好笑。丁未不会也让她打工挣钱吧?想到这个,旖蒙脸上的笑意更深,深深嵌进面骨的奇异笑意。

车门打开又关上。她看着丁未走进车站售票处。过了一会儿,他从里面出来,上了车。丁未说他没有买票。

"没车了吗?"旖蒙问。"还有两趟车。"丁未答。

"钱的话,你能借我吗?我会还的。"旖蒙说。

丁未目不转睛地盯着前方被车灯照亮的空地。"不行。"

他说。

"为什么?"

"我不想。"

旖蒙直直盯着他,用好一会儿才确信他不是在开玩笑。都到了这了,只差一张船票就可以离开。她想问为什么,却没有立场。为什么不帮她?这不是问题。为什么帮她也许才是问题。但为什么是现在?再过二十分钟,车就来了。她干巴巴地说:"再不买票,就赶不上最后一趟船了。"

丁未转过脸:"赶上了会怎样?"

赶上了,她就会到另一个城市。在一个完全陌生的城市身无分文,就像在遇见丁未之前的时候。运气好的话,遇上好心人帮忙,就像现在。她还没有办法独立生存。至少现在还不行。所以无论她跑去哪个城市,无非是重复在这里发生的事,或者更糟,或者更进一步。如果是那样,无论在哪个城市、无论去哪里都一样。她得依靠另一个陌生人的好心才能活下来。

对旖蒙来说,这里和其他地方并没有区别。

旖蒙忽然失去了力气,推动她向前奔逃的力量在注定不断重演的遭遇面前溃散。

如果在任何城市都遭遇到同样的命运,那逃离本身也就毫无意义。况且还是如此不彻底的逃离,连路费都拿不出。

丁未轻声细语继续说:"我听说不少小地方都有拷问陌生来客的传统。月圆或者月不是很圆的时候,生起篝火,把陌生人吊在树上问问题。"

旃蒙说:"对,你们不问问题。"

丁未说:"我们不问问题。我们是世上少有的好人。"

"难能可贵。"

"难能可贵。"

"所以……"

"什么?"

"至少自己挣到路费,再想以后的事吧。"

要活下来,要靠着自己活下来——这念头好像海上明月般,从旃蒙汹涌混沌的内心升起。那是迄今为止,她从没有真正考虑过的事。此时此刻,因为眼前这个男人的固执,忽然有了前所未有的清晰面貌。无论如何,要先挣到离开这里的钱再说。旃蒙打定主意。

"走吗?"丁未轻轻拍打方向盘。"去哪?"旃蒙问。

"回去。"丁未说着,掉转车头。

3、睡太多会醒不过来

起初,没有人怪罪于她。尽管她的母亲因她而死。

她出生的那天阳光明媚。父亲从护士那接过婴儿。在那样的阳光里，护士告诉父亲，这孩子的母亲因诞下她而死。父亲听完，没有哭泣。他为她取名旖蒙。

她的母亲因她而死，没有人为此责备她。出生后没多久，父亲就把她送到乡下，由阿母养育，直到要读书的年纪，父亲去乡下接她回城。他待旖蒙很好，别人家孩子有的，她也一定会有。父亲从不强求她也不责骂她，甚至连说话都不曾大声过。直到旖蒙十岁时第一次去同学家做客，看到其他人家的亲子间互动，才知道原来并不是所有父女关系都像她们家这般。再后来，看到越多其他人家的父女相处情形，也就越明白原来像他们这样的父女关系并非常态。别人家有的嬉戏、调侃、争吵、冷战，她们家都没有。凭着孩子的本能，旖蒙立即明白问题的症结所在——她没有母亲。

父亲是法律系教授，专攻唐代法律史，如同清茶一杯，淡雅隽永，浸淫在研究课题和学术论著中，以恒定的常温应对世事的变化。他是旖蒙远在他方的亲人，在他偶尔投来的一瞥中，旖蒙仿佛看到那目光如何穿越无限遥远的时空，最终抵达旖蒙身上。她试图在其中寻找尚且残留的温度，但很快就放弃了，她学会与之和平相处，学会如何在一间屋子里相隔千里。九岁，旖蒙就已经明白今生所有的生日都不会再和父亲共度。她学会了泰然处之。记得那天傍晚，她收到由他学生送来的生日蛋糕和蜡烛。旖蒙放下蛋糕，点上蜡烛，闭上眼睛，许下心愿——这一次没有再等他——旖蒙吹灭蜡烛，切下自己那份蛋糕，把剩下的分装到盘子，放进冰箱，然后边吃蛋糕边做作业。到了九点父亲还没有回来，旖蒙便锁上门，洗漱睡觉。

即使在令人头疼的青春期，她也没有叛逆的举动。父亲恒常不变的"体温"似乎遗传给了她。没有人觉得那有什么问题，一如从来没有人因为母亲的死而责怪她。

母亲因旖蒙而死。在母亲死后的二十三年后，旖蒙受困于生命巨大的茧中，然后被一个眼睛细长的男人捡回了家，并且在最初的一次几乎成功逃脱后，终于安于这样的命运。

旖蒙决定留在橘岛，继续住在丁未的房子里，就是被叫作光屋的房子。她始终搞不懂他们为什么给它起名光屋。同事想帮旖蒙找一间近一点的公寓，被大姐拦住了。她说旖蒙工作时间太短，没有积蓄，先不着急租房。从住的地方到公车站需要走半个小时。旖蒙意外地发现自己喜欢步行。烈日下，眼睛几乎无法睁开，皮肤被晒得生疼，没走多远就汗流浃背。一心只是走路，随山路颠簸身体起伏，身体机械地运动着，心绪被完全涤净，只有平静。简单的，每天都会在那迎接她的平静。丁未几乎是立刻察觉到她的变化，在她独自上班第一天回来的晚上，他就问她为什么那么高兴。旃蒙问他什么意思。丁未说她看上去精神不错。旃蒙望向玻璃墙上自己的影子，说她并没有高兴。丁未耸肩，叉了一块鸡肉送进嘴里，说："这种程度就已经是高兴了。"

正式上班后，旃蒙要打烊收拾好才能走。丁未每天下班就来饭馆点一份咖喱，外加甜品，然后一直闲坐着等旃蒙下班，两人再一起回去。旃蒙告诉他不必每天过来，丁未说他来这是为了吃饭。旃蒙对着那份牛肉咖喱皱眉。她问丁未天天吃难道不腻吗？丁未瞅了她一眼，仿佛她问了个傻问题。旃蒙很难就此安心。丁未热衷咖喱饭的样子让她不免疑心餐费会从她的工资里扣。她随手拿了个勺，从丁未盘子里舀去一大块往嘴里送。丁未问好吃吗。旃蒙不回答，打开水龙头冲洗勺子。只是再普通不过的微波炉食品。旃蒙没有办法对丁未说这话。她不想深究。所以，丁未还是每天来接她下班。

不知道为什么，只要坐上五菱，旃蒙就会觉得冷，脊骨微微发凉，好像有雪在消融之前从那里掉落。明明是夏天。然而冬天第一次坐上这辆车的记忆以某种方式被保存下来，时刻提醒她仍是在逃之人。她怀疑丁未是否也意识到这点。想起他在码头说的话，也许他才是那个想得更远的人。

回到家几乎是午夜。旖蒙进门就躺倒在床上，很快睡着。她还是睡丁未的床。他们没有买新家具。丁未把床让给她，自己去隔壁的小房间睡。理论上应该如此。只是几次旖蒙半夜醒来，都看见丁未坐在沙发上静静地打游戏，像第一天晚上那样。于是她坐到他身边，拿起另一个闲置的手柄，但是没等到丁未切换到她也能玩的游戏界面，她就睡着了。白天的工作比她想象的辛苦。再后来，沙发上多出一条毛毯。旖蒙在沙发上睡着后醒来，身上就盖着这条毛毯。旁边那个人仍旧专心致志地打游戏，毫无倦态。她几乎就没见他真正睡着过。有一天旖蒙问丁未他是不是从不睡觉。丁未迅捷按动方向键，躲避着屏幕上迎面而来的飞车，一边说："很少。睡太多会醒不过来。"旖蒙笑了，坐起来，凑近丁未，指着自己问是不是就像她。丁未想了想说不是。他说她睡觉的时候是一副努力要醒来的样子。旖蒙愣了一下，问他是指她睡在沙发上的时候吗？

丁未说不是。他说——

你一直就是这样。睡觉的时候努力要醒过来，醒着的时候努力不惊醒自己。

丁未的话到底有几分认真，旖蒙并不知道。一个人恐怕永远都很难知道自己睡着的样子。录像或许可以。但是摄像头无法进入梦境，一窥究竟。凭借被记录下的影像，能够知道睡时的模样，却无法确切回忆起梦境。人不能同时睡着和醒着，也就不能真正掌握睡眠的全貌。旖蒙记不得自己的梦，实际上，她一直以为自己不再做梦。还有一点，对她而言始终无法相信的是，作为丁未，是怎么得到那样的判断。仅仅只是从一个人睡着的样子就能判断她想要醒来吗？

那人睡着的时候会是怎样？是否会流露出某种神情，清晰到足以让人做出判断？是否会泄露出梦境的凤毛麟角，凭此追踪到内心隐秘处？

她想看到他睡着的样子。

这念头像一粒芥菜种子，一落地就生根，再也无法从心里去掉。大概就因为这样，她才会从大姐那里拿了好多咖啡豆。

那天大姐进了一些她喜欢的豆子，问旖蒙要不要试试。旖蒙说：我不怎么懂咖啡。大姐说：所以让你试试，早晨起来也可以喝一杯提神。旖蒙脑海里闪过丁未专注游戏时的那张侧脸，回过神似乎已经欣然接受了大姐的好意。大姐一下子给了七种不同的豆，告诉旖蒙不用担心存放，丁未那边有密封罐。旖蒙愣了一下，她没想到那栋屋子还会有密封罐这样的东西。在那里住了好几个星期，她的活动范围仅限于沙发、床、厕所，对屋子的了解也仅限于幽暗空间里如果要避开障碍物，可以安全行走。很难想象那间屋子有密封罐。类似寻常的家庭器皿，或者体贴人的小工具，甚至在许多人看来是必备的家具，在那栋房子里似乎都没有它们的位置。丁未看起来完全不像需要它们的样子。

回去路上，五菱车里充溢着咖啡的香气。

旖蒙问丁未喝不喝咖啡？丁未摇头，过了一会补充道：那有咖啡壶和密封罐，你可以自己做。

居然真的有密封罐。难以置信。

直到摸到冰凉光滑的玻璃表面，旖蒙才略微有了物体的实感。眼看丁未消失在房间微弱光照外的黑暗里，几分钟后他重新出现，两只手上各提着环保袋。在旖蒙的注视下，他把密封罐和法式咖啡壶一一放到茶几上。这幢房子里有许多黑洞般不可测的存在，墙壁上几盏船用防潮灯是唯一可以借助的人造光源。靠着它们的微弱光芒，她才能不被绊倒，小心翼翼绕过那些至今不知道是什么的障碍物。这房子理应如此。这是它最得体的面貌，可以令人安然栖身其中。旖蒙心安理得地接受下来，不去探索追究屋子的全貌。对于丁未的那个小房间，她连想都不会去想。

然而竟然有密封罐和咖啡壶。有一阵他们都没说话。

旖蒙缓步靠近密封罐，伸手，小心翼翼地打开，仿佛是什么易碎品。

"啊，里面都是什么？"她拿起玻璃罐在灯光下细看。褐色的泥土一样的块状物质。

丁未把罐子里的内容物倾倒到桌上。旖蒙试探着伸手去碰，意外的松软油腻。

"那是什么？"她又问。

丁未笑了。"你在想什么？"

啊。旖蒙轻轻又叫了一声。那声音微弱短促，好像黑暗里一点迅疾燃尽的火花。她明白丁未洞穿了她的心思。在发现密封罐内容物那刻，她莫名想到人的骨灰。

"咖啡粉。好多年前的。"丁未拿出几张旧报纸平铺在桌面上。旖蒙默不作声把咖啡粉倒在上面，将密封罐清空，拿到洗碗池里冲洗——洗碗池也是刚刚发现的，连同这一块开放式厨房的区域。委实不可思议，她住在这里那么长时间，还是第一次知道有开放式厨房。不可思议，却也微不足道。她甚至要感谢这幽暗封闭的房子，只照亮最基本必需的空间。如果不是大姐，她本来不用知道这些密封罐的存在。

塔瓦湖湿剥曼特宁，哥斯达黎加日晒卡杜艾，西达摩日晒烛芒，西达摩日晒耶加雪菲，巴西喜拉多日晒蒙多诺渥……她按照咖啡豆包装上的名字，写了标签，贴在密封罐上，然后把咖啡豆一一对应放进去。放的过程中，似乎搞混了其中的一两种。她停下来想了想，觉得并没有什么关系，就继续装下一个密封罐。抬起头，发现本来是去倒陈年咖啡豆的丁未，站在屋子中央，对着什么发呆。他的身形似乎凝固住，又似乎本来就是一片影子。旃蒙顺着他的视线望去，什么也没有，黑暗里只有黑暗。

"你知道宇航员如果在飞行过程中死了的话，别人会怎么处理吗？"旃蒙问丁未。

丁未嗯了一声。那只是下意识的反应。他正在飞速朝这里赶，需要一点时间才能真正回到这间屋子。旃蒙等着。

"你说。"丁未说。

"你的同事们会把你，不，不是你，是你的尸体放进密封袋，然后用机械臂把密封袋悬吊在飞船外。尸体在太空冻上一个小时，直到变脆。这时，大幅度摆动机械臂，将尸体'晃荡'碎，变成冰骸，那种像骨灰一样的细小粉末。理论上，这种方法能让一个90公斤的尸体变成22公斤重，手提箱大小的块状物。"

"听你说的，好像是什么食谱。"

丁未说。"就是吧。"

"怎么尽知道这种事。"

旃蒙闪过几个答案，都不太准确。如何完全准确地回答，如何正确叙述那些你并不知道真正发生了什么，为什么发生的过去。她问丁未："原来你喝咖啡啊，以前没见过你喝。"

"以前喝，现在不了。"丁未回答。

为什么？旃蒙差点脱口而出继续追问下去。她闭上眼。

玻璃罐凉凉的，不断偷取她掌心的温度。他们似乎惊醒了这栋屋子的黑暗。

不要问任何触及过去的问题。

"哪种好喝？大姐给了我好多种。"旃蒙问。

"我看看。都不错。你以前喝单品吗？"丁未说。

"我喝摩卡，好多巧克力。"旃蒙扬起笑脸。她希望自己的脸能在黯淡的灯下显得快乐，像被洗净般熠熠生光。

最喜欢的咖啡是西达摩日晒烛芒，混着柑橘和蔓越莓的香气。

被大姐问起最喜欢哪种咖啡时，旃蒙不假思索地这么回答道。那天下着大雨，店里没有什么客人。大姐拿了瓶冰啤酒，坐到门廊的高脚凳上发呆，忽然问起咖啡的事。旃蒙是在回答完之后，才意识到自己几乎一字不差地引用了丁未的话。她喝烛芒的时候，并没有清晰辨认出是什么香气，远比水果味要复杂，至少不像食用它们时的味道，更像在猛烈日光下走进果园，被将要成熟的果子包围。那味道难以形容，却十分可爱，更有种熟悉感，仿佛她在很早之前就已经知道将来有一天会遇到这个味道。她本来可以就这么告诉大姐的。

大姐盯着旃蒙的眼睛，说："其实你只喝了这一种吧。"

"啊。"旃蒙有些吃惊。

大姐喝了口酒,说:"你刚才说的那话,一听就是从丁未嘴巴里说出来的。"

一个人竟能了解另一个人到这种地步。凭着一句话、一些字的排列就能发现他。有没有这样了解她的人,从只字片语里打捞到她不小心遗留下的痕迹。

旃蒙希望不要有这样的人。

"没想到他那里还会有密封罐。"旃蒙回应大姐道。

"他家厨房东西很齐全的。"

"唔,以前都不知道那里有个开放厨房。"

"你都在那住了那么久,连房子里面什么样都不知道?"

"不知道。只知道有床和沙发,门和厕所。"

大姐突然伸手。旃蒙向后躲。但那只手好像已经预先知道旃蒙会后退,一开始就算上了旃蒙后退的距离,准确无误地打在了旃蒙的头上。

竟然是认真地打。

"既然住着了,你倒是好好住啊。"大姐几乎是在呵斥。

然而她并不想要那样,心怀警惕地不再让密封罐这样的事情发生,戒备所有能联系到过去的话题与事情。在一个地方待久了,不知不觉,这个地方的过去,就像深深浅浅的阴影悄悄游移逼近,试图要覆盖于此时此刻之上,甚至发生粘连。然而旃蒙只想活在当下这一刻,没有过去未来,截取一个最简单的时间片断,用大量惰性气体包裹,不与其他时间发生反应。

如果将大姐这些话告诉丁未的话，也许他会打开所有的灯（旖蒙连房间里到底有多少灯也没有搞清楚），带着旖蒙在楼里转一圈，也许会有半带嘲弄的讲解。但是如果把所有灯都打开，影子也会跟着同时出现。灯光越明亮，影子也就越清晰。

对此，丁未比谁都清楚。所以，他会任光屋在昏昧中自行其是。归根结底，他才是那个把光屋弄成这样的人。

小心翼翼地不惊动黑暗，让一切保持原样，丁未和旖蒙对此心照不宣。他们甚至都不愿意再在屋子里放置什么新的物品。大姐之前给旖蒙买的替换衣服和梳洗用品就放在当时的购物袋里，搁在床下，用的时候从里面取，用完立即放回原位。那是旖蒙来了之后，光屋添置的全部物品。这栋房子并没因为多了一个人，而准备接纳常人理解范围内相应的生活内容。对她而言，唯一有些沮丧的是这些咖啡并没有那么强大的提神功效。她还是在丁未睡着之前就睡了过去，终于还是没有见到丁未睡着的样子。

旖蒙在大姐的呵斥声中，转脸望向外面滂沱浇下的雨水，即使近在咫尺的景物也变得模糊。她听到大姐的声音从远处传来，无法辨析意义，也似乎无法停下来。

旖蒙掉头望向她，说大姐我来给你讲个故事吧。以前有个女人——事情发生的时候她还是女孩，十七岁，在纽约中央公园。大姐说等等，你说的是故事吧。旆蒙说对，那是我以前在什么地方看到过的一个故事。旆蒙说那个女孩有一天去逛公园，好像是春天，她还赤着脚在石头上走路。这时候来了一个飞碟。飞碟一直盘旋在她头上。所有人都拥上来围观她和飞碟。就在这时，飞碟撞在了她头上。她和飞碟都倒在地上。旆蒙说，哦，对了，飞碟很小，好像就这么大，飞行速度很慢。她举起桌上的杯碟给大姐看。所以说即使撞上了也只是倒在地上，不会受什么伤，和被一个飞来的足球打到差不多。真正麻烦的是，飞碟和她相撞前，停在那个女孩的耳边跟她说了一些话，只有女孩能听见的话。在场所有人都看见它对她说话，可是只有女孩知道飞碟对她说了什么。警察问她飞碟对她说了什么，女孩不说，FBI、政府高官、各国间谍、媒体、科学家、好奇的普通人都来问，女孩还是不说。她的人生被整个改变了，她被追问、审讯、拷打、逼问、诱骗，从隔离间审讯室到法庭到监狱到疯人院，受尽苦头，最后被放出来后隐姓埋名，可还是会被认出，然后换工作，再度隐姓埋名。有时她的普通生活能持续好几个月。接着就会有人找她约会，十有六七她会同意。十次有两次是约会对象逮捕了跟踪他们的人，有四次是跟踪他们的人逮捕了跟她约会的人。而每一个约会对象都是想来了解飞碟的情况。大姐听了大笑。旆蒙说，那是小说里的原话，人们真是穷追不舍啊。大姐问后来呢。旃蒙摇头说，你还是别听了，后面特别无聊。大姐盯着旃蒙的眼睛说，我猜是个好结局。旃蒙说，对啊，你看这种故事根本和好结局扯不上关系，这种根本不应该有结局。

大姐说，所以你就喜欢这一部分。所以飞碟到底了说了什么？旃蒙说这不重要。飞碟其实可以说任何话。大姐问，那为什么那个女人不把飞碟的话告诉其他人。旃蒙想了想，回答说，忘记了。

"因为它是在跟我说话，跟别的任何人没有关系。"在故事的最后，那个女人终于把她沉默的理由告诉了别人。旃蒙喜欢这句话。就是为了这句话她记下了整个故事。故事里的那个女人为这句话吃尽了苦头。

大姐盯着她看，大概是在猜为什么她要跟自己讲这个故事，为什么又不讲完。旃蒙心想，如果大姐这么问了，她就会如实回答。她会告诉大姐没有为什么。她只是在这个雨天想跟人讲一个故事。她的脑子里全是这样的故事。一到雨天，它们就像漆黑的雨水要从她身体里溢出。

"你脑子里怎么尽都是这些故事。"大姐点着一根烟，递给旃蒙一根。

"小时候没有事干，家里都是这种书，随手挑起一本就看。一本书——可以看很久。"旃蒙接过烟。第一次没有点着。她背过身，用手护着火苗，第二次点着了。

63

大姐笑了，她看出旖蒙并不会抽烟。"你小时候什么样子？"

旖蒙想了一会儿，手上的烟灰掉下。她说："总是在看书，抓到什么书都看。"

那些书有一部分是母亲留下的。母亲沉迷于这些惊奇故事。她过世后，父亲仍旧继续购入科幻小说。只要市面上有出售，他就购入，不遗漏任何一本。但他也从来不读，买来就放到书架上。到最后，无一不成为少年旖蒙的全部消遣。读第一本时，她还在认字阶段，一边放着小说，一边放着字典，就当作世界的真相接受下来。

她曾经真的以为，母亲回到了她的母星。抬头看夜空中那些亿万年前的光芒里，或许有一颗行星上居住着母亲这样固执告别地球的外星人。

大姐一口气喝完剩下的酒，往屋里走。经过旖蒙的时候停下来细细打量她。"你脸色真差。没事吧？"大姐问。

"没事。就是想看看下大雨时候的海。我可以去海滩吗？"旖蒙请求。

"不可以，你要上班。你好好给我上班。"大姐说。

她一直都是店里最晚到的那个人，倒也没有人抱怨她。她都没机会用上公车晚点这样的烂借口。就这样理所当然这么一直迟到下去，直到八月初的那天早晨，她在车站遇见了易泽。

那天，一向准点的公车迟迟没有出现。也许是在哪里抛了锚，或者新司机走错了路。车站站牌下的队伍越排越长。时刻表上到站时间过去了有半个小时，车还是没影。旖蒙正在心里比较用哪个理由更有说服力，大姐的雪铁龙仿佛从天而降，擦过路沿在她面前一个急刹，吓得排队等车的老人们踉跄退开，把旖蒙孤零零地留在原地。车窗打开，探出易泽的笑脸。"我送你。"他说。他还是穿衬衫，和上次一样——或许上次是白T恤？旖蒙不记得了。她只是觉得，眼前这个人是她见过的把白色穿得最好看的人。

"上来吧。"易泽打开车门。

旖蒙上了车。她看了看表。如果太早到，恐怕还得在门外等。"饿吗？去吃早饭吧。我知道一家现在开着的面馆。带你去吧。"雪铁龙没有按预定计划开向饭馆，径直开往城里，向着易泽说的面馆。

旖蒙提醒他，如果去吃面，她一定会迟到。

易泽点头，同意旖蒙的推断。但他顿了一下，问："不过你在乎吗？"

旖蒙瞅了一眼司机。他兴致盎然的侧脸和大姐很像。他们确实无误是血亲。

"你——是碰巧路过？"她问。"我正好也去排骨。"他说。"排骨？"旖蒙皱眉。

"你不知道？！"易泽叫道，"大姐的饭馆——也就是你工作的地方叫排骨。排骨面的排骨。你在那工作了一个多月，你不知道？你不看招牌吗？菜单上也写着啊。"

我怎么会知道？为什么叫排骨？店里都不卖排骨面。旖蒙心想。而且这个岛上的人是不是都不会起名字。饭馆也好，屋子也好，一律盯着怪里怪气的名字被人叫着。旖蒙放下遮光板，接着问："所以一大早你是去哪，会碰巧路过这？"

"我以前送过你下班。你忘了？有几次那个人有事，我送你回家的，你不记得吗？"易泽说。

旖蒙摇头。

"对哦，你困得在车上睡着了。你还真喜欢睡觉。"易泽说。整个暑假，易泽和他的乐队都在平城酒吧里驻唱。说是驻唱，其实不过是给别的乐队暖场。演出前，乐队成员会到大姐的饭馆垫点东西吃。没有演出的时候他也会一个人来。恰好遇上丁未不能来接旖蒙的时候，易泽就会帮忙把她送回去。但是旖蒙没明白这和易泽一大早出现在他面前有什么关系。

面只能算普通，口感略差，浇头不错。鱼丸鲜美。菜市场深处的一个小摊上，旖蒙和易泽相对坐在各自的马扎上。"好吃吧。"他得意扬扬地把面条往嘴里送。

旖蒙不知道为什么要坐在这里看一个陌生人吃面。尽管对方看上去很享受。他应该也是她见过眼目最干净的人。这样的人,却讨厌丁未。

"有没有人说过你像一条狗?"旆蒙问。

对面人怔住。愣了片刻,才察觉嘴角还挂着半截面条,慌忙将面吸进嘴里。"狗?"他问。

"嗯。狗。"

"什么狗?"他认真起来。

旆蒙撇撇嘴,站起来,说:"你吃完了吗?我不想迟到。"

每隔几天,易泽就会出现在半山腰的车站,开着雪铁龙送旆蒙去排骨。中途他们不再去别的地方,直接开到排骨。司机易泽黑着眼圈,可能还饿着肚子。有时候车子里安安静静忽然就响起一阵肠鸣声。两个人目光游移,假装都没有听到。旆蒙一开始会觉得好笑。这个人明明比自己小,却不知道为什么总要在她面前做出老成的样子。时间长了,她竟然也习惯了他的假装。坐在他身边时,旆蒙不时会向他投去目光。看着他好看的侧脸,想着就是这个人见到过她长睡后刚刚醒来的模样。他的面孔上是否留下了那天的影子,那个房间里尚没有完全的梦魇是不是仍旧残留在他苍白的脸颊上。似乎其他人也习惯了易泽毫无理由的接送,无论是排骨的人还是丁未。大姐让易泽少来,但也只是浮皮潦草地说说。大厨轻描淡写地提到易泽的女朋友是个小有名气的乐队歌手,长得很正,脾气很暴。只有丁未什么也没说。

他们偶尔会在排骨碰见。易泽带着朋友来吃东西。他们和这个年纪的年轻人一样，一旦聚在一起不自觉就会比平时吵闹。他们在的时候，丁未就会坐在门廊靠角落的位置。尽管这样——毕竟饭馆实在不大——两个人还是会碰巧撞上，面对面站着。那时候的丁未，他的脸就像被抹平了一样，不单没有表情，连五官都是模糊的。至于易泽，他脸上的厌恶，倒是从来不加掩饰。无法想象他们之间到底发生过什么，也没有人提起，哪怕只是含混不清的只字片语。

丁未对易泽的出现不置可否。只有一次例外。他突然冒出一句：他会带你去看他的演出。

那是深夜，他们正窝在沙发里分屏合作打生化危机6时，里昂刚搞定丧尸，给海琳娜服下合成药。他们正在讨论去四方塔救人的事。丁未突然说：他会带你去看他的演出。

旃蒙正控制海琳娜推开门。"你在说什么？"旃蒙问。门外是丧尸遍行的街道。一辆飞机从高空坠下。旃蒙几乎忘了丁未的话，直到真的从易泽嘴里听到这个邀请。

"你说什么？"旃蒙盖上垃圾桶盖子。刚刚提垃圾袋的手习惯性张开五指，离身体远远的。

"明天休息，来我们的现场吧。"易泽说。

她眼里是夜色下铺展的公路，对面一排小屋稀稀疏疏还亮着灯。易泽眯着眼望着她的面孔。

"你请我去看你们的演出?"旖蒙问。"啊,是的。去吧。"易泽说。

"好啊。"旖蒙说。

后来她告诉丁未,其实他不用这样。那个年轻人留到所有客人都走了,陪她清扫餐厅,最后问她去不去看演出。

丁未看了她一眼:"啊,原来你比他大。"

旖蒙说:"是啊,明明那么小,还一副照顾人的样子。"

"你会去吧?"

"是啊,会去。他不用做什么我都会去。"

她记得她答应去看演出时,丁未的笑容在路灯下闪着暖光,世界一片静寂。那样过了很久之后,她才听到自己的声音。"好。"她说。那声音,从丁未做出预言的那个深夜出发,终于抵达。

当丁未预言易泽会发出邀请时,她就已经答应了。

III 付远的话

付远:

在导师家里第一次见到旖蒙时,我就觉得亲切。这个女孩,即便不是同类,也已经很近。她远没有看起来那样无害。她的眼睛里,纤细身体下,永远有着层层叠叠的阴影流动。她总是在暗暗等待着什么发生——一些糟糕的事,无论是否发生在自己身上。她期待着,渴望着,也许连自己都没有意识到,可以在平静日常撕开一道口子的什么东西。即使最珍惜的东西因此崩坏。

我们都是不害怕把自己弄脏的人。只是她完全不做计算。

4、好灵魂

他们演出的酒吧在平城的城北的酒吧街,从渡轮下来还要坐几站车,离海边很远。门脸比排骨小,却非常惹眼。整面墙被鲜艳的涂鸦沾满。三三两两聚在门口的人叼着烟,或者握着酒瓶,把人行道堵得水泄不通。夜晚还没开始,好多人已经微醺,目光迷离。旖蒙照着地址找到那条街,远远观察了一下形势,估摸着能挤进去的希望为零。她跑到对面超市买了支香草雪糕,隔着马路等着。

要是有手机,给易泽打个电话,他就能想办法带她进去。但是旖蒙没有。她顽固地坚持着没有手机的状态,哪怕大姐已经给她买了。事实上,除了现在这样的状况,她根本不需要手机。

演出似乎开始了。能听到从里面传来的掌声、尖叫、急促的鼓声。站在门口的人也陆陆续续往酒吧里走。旖蒙穿过马路，随人流一点点往里挪。一个男人抓住她的胳膊：是服务生小姐吧？喉咙一时被什么哽住。旖蒙手一松，吃了一半的雪糕掉在地上。男人说：你不记得我啦？她想起来见过这个高大粗壮的家伙。他和易泽来过排骨好几次。旖蒙冲那人点点头。男人做了个手势，拉着她走出队伍，推开挡在前面的人，径直扎进酒吧昏昧的黑暗里。一股热浪打来，四面翻涌着躁动狂热的气息。身体不断被碰撞。在里面，连前面那个大个子也帮不上太大的忙。他拖着旖蒙在前面勉强开道，在灯光监控台的下面给她找了个可以站的地方。他凑近旖蒙耳边大声喊着什么，加上手势，旖蒙猜他是让她等在这里。黑暗里，她再次点头。那人朝后撤去。人群立刻吞没了他。

有一度，她以为台上是个英国乐队。Britpop风格。尽管主唱的声线完全不像，可她不知道为什么就是想起Sting。她曾经陪人听过许多次。在她还听不懂英语歌词之前，就熟悉Sting大部分歌的曲调。

付远。

和那个人在一起时，他们只听CD，卡带，黑胶，从来不去现场。他不喜欢人多。现在这样汗臭熏天和烟尘弥漫的地方，他一定不会来。他和他眼睛里的小人儿都喜欢干净。

"你来了。你真冷。"易泽突然出现,双臂从后面环住旃蒙的肩膀。"喜欢吗?"

"喜欢什么?"旃蒙问。

易泽笑了。他在她耳边喊道:"你没发现台上换乐队了吗?刚才是我们乐队。我是鼓手。你记得吧?"

旃蒙踮起脚尖朝台上看。

音乐更热烈了。主唱在台上像弹簧一样跳着。有人冲上台,张开双臂,跳进台下的人群。人们接住他的身体,往后传下去。

"开始跳水了。"易泽说。旃蒙转过脸注视着易泽。

"你身体真的好凉。"他把她抱得更紧。体温透过被汗弄湿的T恤传到旃蒙的身上。

他们不再说话,也不看对方。目光一齐投向舞台和人群。

她又去看了几次演出,每次都是不同的主乐队;每次都是她自己坐公车辗转到那,由那个身形魁梧的男人带她进场;每次都是临近半场的时候"偶遇"易泽出现,都是散场时汇入不同的人流自然分开,不作告别。一次也没有遇见过易泽的女朋友。

那个夏天,一到傍晚,平城所有的年轻人似乎都迫不及待地涌向这个酒吧,他们在那大把挥霍气力、尖叫、荷尔蒙和金钱。无论是Brit pop,或Postrock,或Funkie,什么样的音乐都能让他们高喊,尖叫,蹦跳,流汗。

第四场演出,易泽吻了她。一道蓝光倏忽从他们的脸上划过,再划过。台上的主唱正在呢喃:我的六月伴侣,与我相知……

易泽俯下身,嘴唇轻轻碰触到旖蒙,游移着,也犹豫着。她没有让他轻易离开。她捧住他的脸,缓慢认真地品尝他的味道。

旖蒙没有再去那个酒吧,易泽也连着几天没有来排骨。不仅排骨,哪里都没有他的身影,仿佛这个人就从未存在过。旖蒙以为再也不会见到他了。然而毫无征兆的,那个人又突然出现了,在八月来店里最忙的一个中午。那天,店里挤满了暑期返校的学生和旅行团游客,不少人站在太阳底下等位。旖蒙忙得团团转,侧身从桌椅间穿梭,脚下一刻不停,满脑子都是要上的菜,还有个别客人的特殊备注。那个时候易泽忽然出现挡在她的面前。她没有认出他,飞快从他身边绕开,朝面露不耐的客人走去。

易泽拦住她,接过她手里的托盘:"几号桌?"

旖蒙愣了一下:"啊,四号。加大份是右边女生的。"

易泽把菜送过去,回到柜台,翻出多余的那条围裙戴上,开始招呼客人。他似乎天生有着安抚客人的能力,只要微笑着出现在客人面前,一一确认他们的需求,给予其实并没有什么用处的建议,即便不能立刻满足客人的要求,也不会有人因此不悦。之前他从没在排骨帮过忙，排骨的人都没见过这样的他，连大姐都惊讶："我都没想过，有一天这家伙来我这，除了吃饭之外还能做点别的什么。"大姐对厨子感慨。

"那不挺好吗？"大厨说。大姐不作声。

客人走了一批。轮到旃蒙午餐休息。她回到后面厨房，拉开椅子正准备坐下吃饭，易泽就进来了。他扫了一眼旃蒙的午餐，面包牛奶。"你打算吃这个？"旃蒙捋开被汗弄湿的刘海儿，啊了一声作为回答。"去吃面吧。"易泽问。旃蒙笑了："我在上班啊。"易泽两手插在屁股后面的口袋里，双脚来回交替重心。旃蒙撕开面包包装纸，看了看面包，又看了看易泽。她问："出去透透气？"易泽点点头，率先走出厨房。

她摘下围裙，单手拎着食物跟在后面。两个人走出排骨，站到附近一处树荫里。易泽不说话，旃蒙也不催。她打开包装袋，一口一口吃起来。天气实在太热。她仰着脖子一个劲地喝冰牛奶。一升的牛奶很快就喝掉大半。易泽仍旧没有要开口的迹象。旃蒙瞥了他一眼，仰头喝光牛奶，说："我先进去了。"易泽拉住她的胳膊，嘴都张开了，却还是一个字都没说出口。旃蒙默默把手里吃剩的面包递给他。易泽接过面包，狠狠地大口咬下，吞进肚里。树上聒噪的蝉忽然安静下来。只一两秒，又再次响起，比之前更加热烈响亮。旃蒙知道，至少今天他不会再有话要对她说。

从一开始这就被证实是个错误，一场意外，一个事故，某个古老故事的再现。然而旎蒙没有及时抽身。这古老的循环里有一些东西让她着迷。所以她停下来，等待被碾过。

第二天，易泽又来了，带着朋友。有几个之前来过，其他的都是生面孔。生面孔中的一个就是他的女朋友。那女孩明艳不可方物，黑眼影黑唇膏耳骨钉，皮肤熠熠生辉，瞳仁鹿一般机敏漆黑。小而精致的面容，下巴略短，一副咬合很有力的样子，包裹在黑色紧身衣物之下的躯体修长紧致。还有着好得惊人的胃口。其他人都吃得差不多了，她又要求加菜。旎蒙递给她菜单。她快速浏览一遍，抬头问："你有什么建议？"

"都不错的。你让我推荐我肯定选最贵的。"

"易泽平时点什么？"

"最贵的那个。"

女孩递还菜单："来两份。"

七分熟的牛排端上来时，女孩对旎蒙说："牛排要五分熟。"

"都要五分熟？"旎蒙停下笔，抬起眼睛问。

女孩注意到点菜牌后的面孔，想起了什么。"你那个被他们捡回来的人。"

"嗯，暂时被收养了。"

"暂时？暂时是多久？"

"赚够路费就走。"

"要赚到多少钱?"

"不知道啊。牛排给您撤了,马上重做一份吧。请稍等。"

"好。麻烦尽快。"易泽接过旖蒙的话,又问其他人:"你们还有加点什么?"

女孩扭过头问易泽:"你一吃太生的牛排就会拉肚子吧?真的不要紧?七分熟,七分熟应该刚好吧。"

女孩站起来,把盘子举到旖蒙的眼前。"七分熟,易泽吃刚好吧。"她问。

"嗯,大概吧。他以前好像这么点过。记不太清。"旖蒙脸上没有一点表情。

"熙绫。"易泽拉住女孩。她整个人已经快贴到旖蒙身上。哦,她叫熙绫,旖蒙心想,视线掠过面前这两个人,落到窗外大团大团静止洁白的云。只有海边的云才看起来那么厚厚一团如雕塑一般吗?她端走了有争议的牛排。

那是大姐他们第一次看见旖蒙的笑容,仿佛湖心处落下的小石子,在碧绿的倒影里缓慢荡漾,整片湖畔风景的倒影也随之泛起皱褶,然而那颗小石子不管不顾,径直独自一个往下沉,沉入漆黑深暗的湖底。

就是那样的笑容。

五分熟的牛排做好,大姐要叫帮厨上菜。帮厨还在迟疑，旖蒙已经走到易泽那桌。

那一桌人除了熙绫，所有人都在急迫地和谁交谈着，生怕落单。旖蒙端上菜，站在旁边，熙绫切开牛排，往嘴里送了一块，细细咀嚼，仿佛那是世上最后一块牛肉。几个世纪后，她终于咽下那块牛肉。不错。她说。一桌人跟着如释重负。旖蒙问："还需要什么吗？"熙绫说："不用了。"旖蒙转身要走的时候，又被熙绫叫住。她问："周六你有什么事吗？"旖蒙回问："没什么事。"熙绫说："我们去海滨浴场，晚上看演出。你来吗？"

她并不知道为什么要拉着丁未去海滨浴场。熙绫向她发出邀请的时候，她想都没想就问可不可以带朋友。可以，当然可以，欢迎。对方欣然同意。

然而旖蒙也并不清楚为什么熙绫会邀请她参加他们的周末聚会。那应该是他们夏天例行的周末活动。参加的除了乐队成员，就是成员家属，互相之间认识好多年。在什么都不清楚的情况下，她竟然答应下来。她跟丁未讲了这个邀约。丁未一边打着《如龙0》一边听她描述当时场景，毕竟没有多少前因后果，很快就听完，丁未也很快做了决定。

他说："不。"

"为什么不？"旖蒙问。

"为什么要去？"丁未反问。

旖蒙盯着屏幕上挥拳连击的桐生一马。这次敌人只是两个醉汉罢了。"你不去吗？"她问丁未。

"现在是拿白金奖杯的关键时期。"丁未回答。"逗我吧。"旖蒙嘟囔着，身体蜷成一团。

"别把脸埋在沙发里说话，口水弄得到处都是。"丁未说着站到电视机前。

尽管那么说，他们还是去了。丁未没有再问旖蒙接受邀请的理由，似乎他已经有了答案。临到约好的时间开车把旖蒙送到浴场。他不下车，旖蒙也不下车。僵持到最后，排队停车的车队发出不耐烦的喇叭声。丁未只好把车开进停车站，和旖蒙一起进了浴场。

"我没有泳裤。"丁未说。

旖蒙回头，眯着眼睛看他。"没关系，我也没带衣服。"

"乱七八糟。"

其他人也刚到，正在沙滩上忙着竖起遮阳伞，过一会儿又搬来两箱啤酒。相互介绍之后，丁未和旖蒙告诉熙绫他们忘带衣服，又拒绝去浴场商店买泳衣的建议。他们打算就在沙滩上坐一会儿，给其他人照看东西。

"你们确定吗？"熙绫问。

"嗯。其实我不会游泳。"旖蒙说。

他们应该是海滩上唯一没有穿泳装的人。在遮阳伞的庇护下也不用一遍遍涂抹油腻的防晒霜。"我们到底来这干什么？"丁未双手交叉在脑后，躺在之前支好的躺椅上。"看海，还有他们。"旆蒙眺目远望，在鲜艳缤纷的杜邦徕卡、腈纶、涤纶面料和不断分离组合、分离再组合的肢体中间，在海滩惯有的破碎离奇的景观中，搜寻乐队成员的身影。只因为她和他们相互认识，所以，他们的身体和他们泳衣的图案就不再是繁杂热闹景象中无意义的碎片。旆蒙的眼睛被海风吹得很干。她揉了揉眼睛，低头的那个瞬间，她似乎忽然得到启示，知道自己为什么要来。

她只是要来看看，看看那些她认识的人，看看他们在她以外的生活——正常的那部分生活。她并不觊觎，也并不羡慕，只是想这么坐在阴凉处远远望着。

"就是来晒晒太阳。"她对丁未说。尽管丁未并没有望着她，但她知道丁未正在以某种方式在观察着她。

"你没发现你是在遮阳伞下面说这话的吗？"丁未闭着眼，懒洋洋地问。

"看看别人晒太阳也好。"

这次丁未没有说话。他大概睡着了。

旆蒙意识到自己也睡着时恰是被人叫醒之际，一个声音在她耳边细语："要不要下海试试？"她睁开眼，正对黑白分明的一双眼睛。他的脸热烘烘的。她的皮肤都能感受到他的气息。他们的脸一定贴得很近。

"嗯?"旖蒙并不清楚易泽在说什么。

易泽的吻已经轻轻落到她的脸颊。"好想你。"他说。

丁未那边发出不小的动静。易泽慌忙直起身,发现丁未其实只是翻了个身。旖蒙醒了。她并不生气。"你不去游泳吗?"她问易泽。

"你去吗?我来教你吧。"

"那是你女朋友吧。她在叫你。"旖蒙用下巴指了指前边。那个方向,一个身影正向着他们挥手。

即使在一大片被海浪冲上沙滩的戏水者里,也可以毫不费力地发现她。一具精美到脆弱的躯体。委实太过完美,紧致修长,拥有可以无限延长的轮廓线,被高衩露背黑色连体泳衣勾勒。美到令人不安,仿佛随时会被身边人的一声高喊而弄碎。

熙绫朝这边走来,旖蒙从易泽手下抽出自己的手。

那个夏天,他们几个不厌其烦地做着几乎同样的事:一起去海边,一起看演出,一起喝酒胡闹。旖蒙混迹在他们中间,几乎每个休息日都这么度过。丁未不再参加。他又回到独自一人的生活。上班,下班,去排骨吃饭,然后回家打游戏。如果在排骨恰好遇上了,就坐到一起。即使他不在场,旖蒙也能感到他的目光。就像那次在沙滩上,丁未的目光不躲闪,也不评判,只是单纯地存在在那里。

他知道正在发生什么，可能比旖蒙本人更清楚发生的事。

实际上，她什么也没做。如同海上的浮木，随洋流漂泊，内心一分为二，留出一半，看着另一半，看着另一半被命运推动，完全顺从，心中暗暗惊讶——那些掩盖在一日又一日往复循环日常面貌下的他人生活的残缺。然而或许这就是她着迷的原因。原来是这样，于是便忍不住上前一步再一步地去观看。在这个过程中，她发现自己拥有自己远没料想到的特质，于是更加置身事外、目光冰冷，看着这一步步如何走下去。

他们并没有就此谈过什么。在这件事上，丁未再次站到了旖蒙那一边。他们再一次成为共犯。连眼神都不相交的两个人，却心照不宣地放任事态发展。那种心灵默契的程度显现出可怕的力量。他和她一起，怀着巨大的好奇，弯腰俯瞰事故将要发生的地方。

宁静祥和。晨雾袅绕。

死刑得以暂缓，然而绞架已经搭起。旖蒙的一部分将死在那里无疑。

那些人喜欢旖蒙。她像影子一样轻描淡写地出现在他们中间，回应着每个人的好意，从不要求什么，也不做多余的事。因为只帮力所能及的忙，所以也不抱怨诉苦。在所有人狂欢喝醉的时候，她负责清醒；在所有人互相嘲弄的时候，她负责嘲笑他们每一个。熙绫喝高了，抱着她夸她从善如流。她凭着直觉喜欢旖蒙,又凭着直觉厌恶着她。两种感情纠缠胶着,当事者本人无力辨析。旖蒙感受到了那股风暴,明亮耀眼的风暴,被熙绫紧紧抱住的那刻,熙绫体内狂郁暴烈的力量,同样撞击撕扯着她,旖蒙忍受着,忍受着野蛮无情的冲撞和随后而来的晕眩。

当他们没有醉倒,并且不谈音乐的时候,旖蒙会给他们讲她的那些故事,每次释放一些在她脑子里存储多年的离奇念头,关于未来,关于人类。大多数都很黯淡,但是他们喜欢听。比如在某一个城市里每个人都很幸福,除了一个无辜的孩子。但所有人的幸福都正是以那个孩子的不幸为代价。出于谁也不知道的原因,或者根本没有任何原因,那个孩子在很小的时候就被抓来关在地牢,用一条锁链拴着,过着狗一样的生活,和自己的屎尿为伍。无论怎么乞求哭喊,都没有人帮他。他将终生囚禁在那。整个城市的幸福都基于这个孩子的不幸。几乎所有人都知道这个孩子的悲惨遭遇,年轻人还会结伴一起去地牢亲眼看见这孩子悲惨的境遇,出于好奇,或者是为了受教育。孩子会向他们哭喊,他们同情他,又厌恶他,想要解救他。但这孩子一旦自由,那么城市里的每个人都将不幸。他们甚至被要求不能向这个孩子说一句话,一个字也不行。所以,最后所有看望他的人都沉默地离开了。他们什么也没有做,除了心怀内疚。但不久,这份内疚就会化作对自己幸福生活的珍惜。他们所有人都得到幸福，除了那个孩子。

熙绫和贝斯手的新女友都不喜欢斿蒙的这个故事。所以那天晚上斿蒙又讲了一个故事，作为补偿。在那个故事里，时间突然变快。生活在那个世界的人感到很困惑。他们是永生的。因而不担心死期过早到来。只是他们素来追求精准，百分百的准确。变快了的时间，扰乱他们的秩序感。直到有一天，其中一个人明白了是怎么回事。原来不是时间变快，而是他们所有人对世界的感知变慢了。因为他们的大脑不是由神经血管组成，也不是电子芯片和内存条促成，只是一些精妙的叶片，有风吹动。当风吹动的时候，他们就开始思想，就有了记忆。而现在，风要停了。他们将要死去。他们的世界将就此沉寂。并不是时间变快，只是他们世界的风要停了。

有人抱怨没有听懂第二个故事。

"其实后面的我都不太记得了。"斿蒙抓起桌子上最后一块鸡翅。她终于可以喘口气，吃点东西了。那天晚上他们喝了好几轮，换了好几个酒吧，最后不知道为什么又决定回到排骨。大姐默不作声地摆上下酒的吃食。并没有人点这些。他们只点了酒。但是没有人提出异议，也没有多少人清醒得还记得点单这种事。到排骨的时候，有一半的人都醉得连路都不能走了。幸好那时丁未在。半抬半扶把走不动的人带到排骨。

"点子很棒。由风生出思想，由思想发展出生命，然后有一天风停了，生命也就静止了。世界就此毁灭。我们把它写成歌吧。"主唱姑娘喊道。

旆蒙不确定那是不是故事的意思。喝了酒之后，所有人的声音听起来都格外明亮，让人高兴。她又开了一瓶啤酒。她听见其他人开始讨论起那首歌的前奏。

"你脑子里总是装着那么多奇怪的故事？"有人说。

"我脑子里有风。"旆蒙直直盯着前面的灯泡，看它随着她的心跳一明一暗。手背一暖。有人在桌下握住了她的手。旆蒙的目光越过易泽，落到熙绫身上。她就坐在易泽的另一边，整个晚上一直在笑。今天晚上，随便一个笑话都可以把她逗笑。

"你有个好灵魂。"熙绫说。

"没有灵魂。这个世界没有灵魂。"

"你不相信灵魂。"熙绫的笑容散去。

"我相信或者不相信，都无关紧要。这个世界上……"旆蒙视线扫过所有人的脸，"这个世界上就没有灵魂。如果真这样，也没有什么大不了。"

好多面孔受到了惊吓，躲进阴影里。他们中有不少是教徒。鼓手女朋友是佛教徒，贝斯手修道教，主唱信万物有灵。熙绫坚持人死后仍然会有灵魂。通常情况下，他们彼此不谈论这类问题。

"怎么证明？"熙绫反问。同一桌其他人都看着她和旆蒙。"证明什么？"

"没有灵魂。"

"不是非需要证明的。也许我就是感觉不到，即使真的有人把它召唤到我面前，我还是感觉不到，就让我不相信它存在好了。如果你们能感觉到，那很好。能相信有灵魂，挺好的。"

"所以你怎样都不会相信有灵魂？"

"这不重要。我怎么想的，这不重要。"

"我就讨厌你这个样子。"

旆蒙笑了，笑得温和理性，就像在办公室里看到的最标准最没有瑕疵的那种笑。有人在拉她的胳膊。她感到身体发麻，只是被动地被人拉着，隐隐约约听到说话声，但不能确定是谁在说话，也许是熙绫，也许是丁未，也许是她自己。

人类信仰的，只是慰藉。仿佛有了个灵魂，生命就会因此有了价值，值得并且能够重新来过。我不会再提这个话题了。是的，我就是相信不会有灵魂。人死了就是死了，没有灵魂，什么也不会留下。死后的世界什么也没有，空空荡荡。只有活人——像被亡者丢下的垃圾，还活在这个世界。

她不确定她有没有大声说出刚才那些念头。她也并不是真的想那么说话。只是一些念头，被卷进脑海里的漩涡，急转直下，很快被带入到连她自己都察觉不到的意识深处。他们什么都不明白，可是这又有什么关系。

并不重要。

"你觉得我们就是一群拼命寻找安慰的傻瓜。"

"我怎么会这么想。你们不是傻瓜。我是！什么都不懂，所以才什么都不相信。"脑子里的漩涡越转越快，旖蒙不得不放慢语速，同时双手死死抓住桌沿，以免自己被甩出去。

"你生气了吗？"

"就是这个表情，你看上去真无辜。很吃得开吧，这套。让别人这么解读你。你就是靠这张无辜的面孔抵挡整个世界。"熙绫突然嘶声叫起来。

"说得真好。我去拿点喝的，你们要什么？熙绫你呢？"

"不要跟我来这套。"

"好渴啊，我一定要现在喝。让我出去。"旖蒙站起来，贴着易泽的身体缓慢往外移。

"我告诉你别来这套！"熙绫一甩手，手里的酒杯杯沿擦过旖蒙的脸颊，在墙上碎开，液体和碎片四处飞溅。

旖蒙无动于衷地站在那里，没有躲让。她看不见，听不见，感觉不到被抛出的酒杯和仇恨。她的世界里没有这些。她扬起脸，那上面一片空白，和她的世界一样空白，没有仇恨,也没有碎片。碎片是在那时才扎在她脸上的。还有红色的葡萄酒液。但她感觉不到疼痛。

"熙绫,你说什么,我不明白。"她睁大眼睛问,像所有问问题的孩子。

"就是这个表情。"熙绫歇斯底里地尖叫。易泽扑上去抱住她,大姐跟着夺走熙绫手里挥舞的空酒瓶。几个人抱作一团,大喊大叫,彼此亲热无间又相互憎恨。旖蒙站在旁边看。她觉得有些冷,想把手伸进衣服口袋里,摸索了半天,也没找到口袋。

"回家吧。"丁未站在身后说。"现在吗?"旖蒙问。

丁未把什么东西披在旖蒙身上。是她进门时脱下来的外套。难怪找不到口袋。旖蒙嘴角抽搐,轻声笑起来。丁未一手扶着她,推开挡路的桌椅,用身体保护,经过仍扭打在一起的人群,他几乎是把她藏在腋下。旖蒙想着又发出咯咯的笑声。他把她带进一间格外狭小的屋子。里面有人,看见她们进去,全都狼狈不堪,夺门而出。

旖蒙反应过来。"这是男厕所。"她说。

丁未捧起她的脸,对着洗手池前的白光灯仔细检查:"我来,还是医生来?"

旖蒙不明白他说什么。她转过脸对着镜子。镜子里那张脸上被玻璃碴子扎破的地方慢慢渗出血来,现在,她的脸不再是一片空白。血填补了空白。

"要是不想去医院,我现在就把玻璃碴子给弄出来。也许会有疤,而且会疼。你明白吗?"

旃蒙点点头。镜子里带血的面孔牢牢地吸引着她的目光。多么陌生的脸。

"去医院,还是在这里?"

"这里。"

"会有疤的。"

我失去了一张无辜的面孔。旃蒙这样想着,闭上了眼睛。

5、有疤的女人

夏天就在那个时刻戛然而止。

对有些人来说猝不及防。对另一些人而言,却只是向着他们预期终点的一个加速下滑。易泽和他的乐队再也没在排骨出现。据说,等到九月酒吧那边演出合同结束,这群孩子们全都会回到他们学校所在的城市。至于熙绫,他们说,当天晚上她就离开了橘岛。

只有那道疤留下来。从左边颧骨没入鬓角。大姐说要是养得好疤会褪。旃蒙对着镜子侧过脸久久审视,决定剪掉一头长发。摘掉纱布的当天,她跑去街角的马路剃头师傅那里,把过肩的黑发当街剪去。"想好了?"下第一刀的时候，师傅握着她的头发问。"嗯。"她说。头没能点下去，就觉得脑袋一轻，凉飕飕的。头发落地的声音真是奇妙。旖蒙怔怔看报纸上散落大片的发丝，从来没觉得它们有那么黑。如今好像某个幼兽，认命地摊开死掉的身体。"要剪多短啊？"师傅问。

"很短。"她想着脸上那道疤说道。

师傅真的给她剪了很短。她的发质粗硬，剪完后头发根根竖起，一头浓密的要炸开的短发。大姐看到第一眼就皱眉。"像个卡车司机，还是那种和老板女儿私奔的。"

旖蒙下意识摸了摸头。毛茸茸的手感，一下子就能摸到头皮。

大姐贴近她的脸狠狠盯着那道疤。"你知道这样看更明显是吧？"

旖蒙左右摇晃着身体。"就是换个发型。"大姐推她到镜子前。"就像换了一个人。"

旖蒙的指腹按在那道伤疤上。她凝视着镜子里的面孔，那面孔并不全然陌生，追捕她的人是否还能认出？即使有了那道醒目的伤疤，在过去某一时刻落下生成的痕迹仍旧存留在她的脸上，没有因此消退。也许，她只是看上去更像一个罪犯了而已。

"你知道易泽有女朋友？"大姐问。这是他们在那晚之后第一次谈起易泽。

"嗯。"旂蒙点头。镜中的她也跟着点头。

"什么时候知道的?"

"一开始。"

大姐望着镜中的那个旂蒙。作为实体的那个旂蒙感受到了目光里迂回的责难。

"不用担心。什么也没发生,也不会发生。"她试图将事实准确地描述出来。

大姐明白了。她松开扶着旂蒙肩膀的双手。"你其实,压根就不喜欢易泽。一点点喜欢都没有?"

"喜欢。就像喜欢你和喜欢大厨那样。"旂蒙说。

大姐直视旂蒙的眼睛,不懈地探究,试图搞明白那个令她困惑的问题。旂蒙平静地迎接着这目光。如果大姐问她为什么,她就实话实说,她就告诉大姐,她只是想看看别人的生活,想看看人们相爱是什么样子,她只是好奇。旂蒙这么想道。

大姐没有问——她只是没有把问题问出声。因为她已经从旂蒙那里得到了答案。有那么一瞬间,她被答案惊到了。大姐高举双手,仿佛那两只手刚刚碰到什么不洁净的东西,必须高高举起,远离身体。

旂蒙半转身体,面无表情地望着大姐。她们就以这样怪异的姿势相对站着好一会儿,直到帮厨在旁边喊大姐"有客人来了,有客人来了"。

大姐没有动,好像完全没有听到帮厨的喊声。"你要我现在走吗?"旃蒙解开围兜的系带。

大姐放下手,正要说什么。围兜口袋里响起手机铃声。她看了一眼旃蒙,用眼神示意她招待刚进来的两位客人。

几分钟后,她挂掉电话,吩咐旃蒙待会儿送一份外卖。

"好,去哪里?"

"海洋馆。"

海洋馆在山顶,没有直达的公交车,只有车行道和绕远的步道。旃蒙反复查了几次,才真的死心。这个小岛有时候和它的住民一样,会在出其不意的地方莫名任性。旃蒙决定骑电动自行车,尽管她的车技并不好。基本上,她对自行车的驾驭能力,仅限于在空无一人的学校跑道,没有任何干扰的情况下。付远曾经形容说,她骑车必须是在无菌实验室才能操作的危险实验。旃蒙悄悄笑了一下。以前她只要一想到这句话,她都会笑的。现在就更应该笑了。

"一定要我去?"旃蒙问。大姐点点头。

"送什么?"

"咖喱鸡一份。路上小心。"

她居然真的骑到了海洋馆。一路心无旁骛地盯着前方,把控车笼头。上坡路格外艰难,虽然有电力助推,对体力还是一个考验。旃蒙整个身体必须离开坐垫,靠全身重量往下蹬踏，气喘吁吁地拿出全部精神用来对付深陷的绝境，浑身被汗湿透。最后总算安全抵达。她把车停到海洋馆门口。停车场空荡荡的，显露出非节假日时刻的萧条。经过门口那个动物气模，她不由停下仰望这家伙。以前从山脚下经过看到过几次，靠近看才发现它体型十分巨大，大概有三到四米高。之前一直以为是某种造型特殊的卡通鸭，近到跟前才体会出海洋馆馆方的用心。

"原来是海马。"旖蒙对自己说。

"是海马。"门卫从值班室探出头，"你找谁？"

旖蒙举起手中的外卖保温袋。门卫刷卡给她开门。

"汉堡啊？"

"不，咖喱。"旖蒙进门往前走了几步，对着前面三条岔路发呆。

门卫在身后冲她喊：笔直往前，走到尽头，顺楼梯下到地下一层。他说，他们都在下面。

旖蒙从没想到，这世上还有这样寒碜的海洋馆。一进去左边是棚区，耐力板雨棚下一个直径不到五米的小池子，深不过半米。右边相对大些，路边竖着表演区字样的牌子，指向阶梯观众席。三米高的玻璃墙围出半个篮球场大小的表演场透过脏兮兮的玻璃，看不到一丝波澜，蓝色液体塑料一般。旖蒙按门卫的话，走了中间的过道，越往里越幽暗。靠摸索找到楼梯口，紧抓扶手一步步向下。保安说，他们都在下面。

螺旋式的下陷,沉入山顶建筑的地下世界。地下一层,几线金色波光轻轻跳入眼帘。

这里空无一人。阒然无声。只有微光荡漾。深幽水色洇晕而来。

一个地下世界正在那里等待着她。

空气忽然震颤。入口大厅回荡着鸣声,空长寂寥,仿佛来自时间尽头——是鲸歌。墙上说明这么写道:这些珍贵的录音来自不同的鲸鱼。科学家利用听潜器将这些声音从大海深处"打捞"上来。

她仿佛置身深海。她曾经来过这里。

在梦里,在某个醒着的间歇,在希望自己从没有到过这个世上的时候,她曾一次一次将自己沉入这片深海。对旃蒙而言,这里是比故乡还要亲近的地方。她迈步进入观光隧道。

一些从未见过的巨大鱼类在其中游弋,倏忽又在人造礁石和珊瑚缝隙一闪而过,毫不掩饰他们是远古地球族裔的身份,完全不为玻璃墙那边人类的观望所打扰。它们没有眼睑的眼睛,将眼前之物不加选择全部接收——纯粹地观望它们看,仅仅作为鱼在看。我只是它眼里一小片图像,破碎,转瞬即逝。旃蒙感到安慰。

她缓步行在海藻、珊瑚、水母、礁石,还有巨骨鱼中间。头上拱顶不时闪过蝙蝠鱼柔软的白色腹面。身体的实感慢慢消失。她感觉不到双脚，感觉不到呼吸，一点点消融……

她忽然踉跄，回到现实，在久久回荡的沉闷巨响里错愕。整个地下世界都在余音里震颤。又是一声，撞击仍在继续。旃蒙朝隧道前头跑去。声音从那边传来。在单独隔离区她看到了它。

它好像划破幽昧的一道闪电。这头银色硕大的生灵，狂暴围绕池壁打转，流线型身躯光华耀目，火焰般燃烧。这是旃蒙第一次亲眼见到海豚。

海豚注意到她，直奔过来，正对她停住，一动不动地盯着她。猝不及防，她被迫与一只海豚四目相对。她们靠得太近，

近到她清楚地看到它溃烂的皮肉，还有那双眼睛里冰冷的怨毒。她从未想过海豚会憎恨。她以为它们都是快乐的，也许面前这头海豚也是快乐的。一种混沌的快乐在它的目光里结痂。

忽然，那家伙的嘴冲她豁地咧开，狰狞着面目，露出全部尖利的牙齿向她冲来。旃蒙吓得连退几步，完全忘了玻璃墙的隔挡。海豚再次撞上玻璃墙。这次不同。它愚弄了人类，心满意足。

"我以前一直以为海豚这是在冲我们笑。"有人说。

旖蒙朝身后看。一开始她没有认出他。丁未穿着橙色防水连体裤，脚上一双海藻色高帮胶鞋，手里拿着擦玻璃的专用刷。

传来一声撞击声。旖蒙回过头。海豚重新开始疯狂地绕圈。"来这工作之后才知道，它们只是长着一张笑脸。再痛苦都是这张笑脸。当然，海洋馆不会这么说。这家伙好不容易活下来，不过疯了，也许它是为了活下来才疯了的，所以我们每天会给它吃抗生素，让它平静一些，变得——"丁未停下来，眼睛在阴影里闪闪放光。他在搜索一个恰当得体的词语，可以正好放置在海豚与它的观众间。"变得友好。抗生素令海豚变得友好。"旖蒙接过他的话。"——很痛苦吧？"在海豚撞击的回响声里，丁未走到她身旁，仰望这一池伪造成海洋的蓝色池水。

"我试过很多办法。放了它或者帮它去死都行不通。"

"丁未。"

"有一次，我把抗生素掉了包，结果糟透了。表演的时候，这家伙彻底疯了，它突然冲上表演高台。怎么样，一头自杀未遂的海豚。"丁未沉默了一会儿继续说道，"难题，你知道吧？遇到难题就只好解开它，好像也没有别的选择。但有时候，有的题目根本不会有解。"

遇到没有解的问题，你怎么办？

如果问题没有解，那就和问题在一起。不要逃。

和你的难题待在一起,就算一塌糊涂也没有什么关系。迂回兜转这番话后面,他想告诉她的,大概就是这个吧。斾蒙并不确定。她不打算向他确认。此刻,他们沐浴在同一片蓝色波光里,心神疲惫散漫,这样就够了。

"剪头发了?"丁未目不转睛盯着疯海豚,丝毫没有掩饰他的讥讽。

"怎么?"斾蒙没有想到他会留意到。

"像要带着人私奔的卡车司机。"

"大姐也这么说。是你点的外卖?"斾蒙举起外卖隔热包。"我还有一会儿才能好,企鹅池子要洗。"丁未举起戴手套的双手,"你送办公室吧,我带你去。"

她跟在他后面,望着那个人的背影,黑暗中,不觉得双腿迈动,恍惚只是随着水流漂流。这地下世界似乎没有尽头,也因此自然而然消融在眼前这片水域中,成为其中的一部分——无论是真实的海洋还是人造的漂白水。

她被推向那个人。

在真正看到丁未的那刻,之前一直萦绕斾蒙的那种近似悲伤的温柔情意忽然变得明晰。

"他们都在下面。"斾蒙回味起门卫的话。她知道这也是丁未要告诉她的。他们都在下面,至少他在这里。

山上红叶落得差不多的时候,岛上的游客也日渐稀少。海滩和老街格外冷清,连去山顶美术馆的人也不常见了。

"该出去走走，玩两天了。明天打烊。"美术馆冬季闭馆的那天，大姐晚上算账时随口提了一句。看她轻描淡写的样子，旒蒙以为她只是说说。第二天来上班，对着紧闭的大门，她才知道大姐是认真的。只有她不知道大姐是认真的。丁未告诉她每年这个时候大姐都会离开这个岛。旒蒙无法想象不在岛上的大姐。即使在岛上，只要离开排骨，大姐对她来说也是近乎陌生的。没人知道大姐确切回来的日子，他们都说等到春天的时候，她自然也就回来了。旒蒙想起那刻大姐在灯下寂寂生辉的平静面容。这么想着，连同那晚深幽色的夜空，连绵不断隐隐的涛声，也随之洇开在旒蒙的思绪里。

忽然有了长长的假，旒蒙便顺其自然赖在家里。从那时候起，丁未也不再上班。等她有所察觉已经是几天后了。"你不可以独自留在这栋房子。"她想起他说过的话，不知道几份真假。她问丁未怎么不去上班。丁未瞥了她一眼。"太舒服不想动。"他这样回答道。

旒蒙愣了愣，转念又觉得很有道理。"海洋馆那边能请那么长的假吗？"她问。

丁未面无表情，飞快摁动手柄按钮，带着GTA的老崔弃车逃进小巷藏在垃圾桶里。等警笛声远去，他也没有出声，屋子里一下塌陷到安静氛围里。丁未的脸浸润在电视机液晶屏投射出的夏日光芒里。那是洛杉矶特有的金黄色，温暖又可疑。"每年差不多这个时候我都会请假。"他说。

原来每年的这个时候,这个岛都会睡着。

于是,他们这些人便悄然偏离原先的生活,放下日常劳作,迈入这沉睡的日子,安心无所事事起来。丁未如此,排骨的同事们也如此。偶尔在山下会遇见他们。饭馆街上或者超市,都是一副沉静的神情,不咸不淡地打个招呼,聊一下天气之类的就散了。全部都是无关痛痒的话,留不下什么印象。唯一一次例外是说道主厨家的猫离家出走后又带着身孕回来,在场的人纷纷回忆起那只猫的趣事。比如某天突然叼回一只瘸腿的小青蛙,比如有一天主厨腰伤复发却坚持来上班,那只猫一路跟他到排骨,守在厨房后门口直到主厨下班;又比如它除了主厨以外不让别的男性接近,却意外亲近一个岛外来的中年男人,后来发现那人是GAY。明明只是一只普通的猫,却在众人的口中变得神奇起来。连颧骨眼线和背上的黑色条纹都被感慨了一番。聊得起劲,有人提议去码头附近的咖啡馆坐坐,所有人就都去了。那是唯一一次偶遇后大家坐下来闲聊。主厨,帮厨,帮厨的弟弟,还有打临工的那个女孩子和她的男朋友,还有旂蒙,围着长桌继续聊着别的什么。旂蒙的目光从他们脸上一一扫过。这些长相迥异的面孔,却如同一种材质做的,他们像是雨里的混凝土雕塑,流动着平静的光彩,没有一点点迷茫或倦态,在萧瑟冬日里竟然给人一种奇妙的温度感。尽管谁也没提起大姐——在那些回忆片段里她不自然地缺席着,旖蒙却在谈话的某个瞬间忽然领悟到,这些人无不在等待着大姐的回来。他们并不知道确切日期,却确信她一定会回来。因为无比确信,他们甚至安于她离开的这段日子。

也许,连旖蒙自己也是如此。不知道为什么,那天听完那只猫的趣事后,她跟他们讲起猴子的故事。从前有二十六只神奇的猴子,它们精通许多戏法,四处流浪,靠表演为生。他们最有名的戏法叫作"空浴缸":每次演出的最后,二十六只猴子以令人眼花缭乱的姿势跳进一个空浴缸里,接着装满猴子的浴缸被高高升起,悬吊在舞台上空,仅靠四根细钢丝。突然,其中两根钢丝断了,浴缸整个侧翻——没有一个猴子掉下来。那时候观众会发现全部猴子,全部二十六只猴子都不见了。台前台后屋里屋外都不见它们的身影。没人知道它们去了哪,连和它们一起耍马戏的女孩也不知道。她和猴子们住在一辆大篷车里。她知道它们要到半夜才会出现。十二点一到,它们敲开车门,排队上车,抱着各自的玩具钻进被窝。它们总会回来。尽管它们似乎去了很远的地方,但它们总会回来。

"后来呢?"学生妹问。

"耍马戏的女孩想知道空浴缸的秘密,她一直觉得最老的那只猴子是这个戏法的关键，但眼看着这只老猴子快要老死了，她开始不安。"

"那后来呢，那些猴子是怎么凭空消失的？女孩知道了吗？"助手的弟弟问。

旃蒙摇摇头。故事到最后也没有道出那个秘密。作者像那二十六只猴子一样，尤其像那只最老的猴子一样，把秘密当作应该且必须接受的事实，放在不怎么显眼的位置。他们都没有太在乎这其中的道理。世上很多事就是没那么多道理。故事的最后，耍马戏的女孩也没搞明白怎么回事。她只知道最老的那只猴子不是关键。最后，她打算一起开始真正的生活，她以一块钱的价格把这些猴子卖给了一个路过的空心人。当初，女孩也是用了一块钱把这些猴子买下来的。那时候，她也是一个内心空荡荡，什么也没有的人。

旃蒙很高兴这恰好是一个幸福的故事。她把结局讲给所有人听。

"他们喜欢吗？"回去后，丁未听说旃蒙跟他们讲了这个故事后问。

旃蒙摇摇头。"说不上吧。他们还在想猴子是怎么消失的。"

"乱七八糟的。"丁未终于在购物袋里找到他要吃的那种夹心面包，撕开包装啃了起来。"不好吗？"

丁未咽下嘴里的面包："他们开心吗？"

旖蒙想了想，点点头。"大概吧。"她说。

"乱七八糟。"丁未说着，回到刚才坐的沙发上，把书翻到之前看的那页。

入冬之后，每隔几天就会有气喘吁吁的邮递员按响门铃，送来一打网购的新书。丁未不停地在网上买书，以前工作的时间现在就用来读书，以旖蒙全然陌生几乎是令人惊骇的方式。丁未买书的速度与看书的速度几乎持平。他几乎什么书都看：

《哭泣的骆驼》《菜根谭》《少数派报告》《冰与火传奇》《巴黎故事》《最后的告别》《八百万种死法》《阿加莎克里斯蒂全集》《宇宙的秘密，阿西莫夫谈科学》《2666》《日落之后——斯蒂芬金小说合集》《差分机》《梦侦探》《攻壳机动队》《金石录》《唐朝定居指南》《伦敦大瘟疫亲历记》《冷记忆》《医学百科》《阳台种花》《LSD：我那惹是生非的孩子：对致幻药物和神秘主义的科学反思》《陶艺技巧百科》《从格罗托夫斯基到全息影像》。他甚至还读关于宇宙弦理论的教材。对于基本粒子还是量子电动力学，他怀抱着与阳台花卉同样的心情，一概囫囵吞下。他只是在读而已。书被放在沙发边上，高高低低一直堆到墙角。丁未几乎是抓起哪本书就一气看下去。不带任何感情，置身其外，将其一页一页地消耗。丁未对那些书，正如同他对时间，对自己。他冷静漠然地消耗它们，以沙漏的态度应对流沙。当旖蒙恍然明白到这点时，其实已经被带入枯涩平寂的消耗中。这恰好正是她一直寻求却不得的。她开始以同样的方式陷进词句的沙漠。一旦翻开书，无疑否定了其他的存在。荒漠自有它甘美炫目之处。旖蒙欣慰地意识到她的荒漠比她本人更加接近真实。从这一点来说，丁未也是如此。

然而旖蒙仍然不能完全像丁未那样平静地读完一本书。眼看要看完一本几千页的巨著，那书陪伴她多日，眼看将要读完，只剩下寥寥几页她不禁不安起来，在房间里四处走动，到处翻阅其他书，在一摞又一摞随意搁置布满灰尘的书堆中，挑选接下来要读的那本书，以及另一本可以和现在看的这本交替阅读的书。浩大工程。灰尘飞扬。她打开一本，读几行，或者更多，然后放到比较显眼的位置，又再进到书的迷宫中寻找下一本候选，往往最初选中的，会被之后替代，几个小时下来，一点头绪都没有，费尽力气挑选出来的书忽然变得不合心意。她必须从头再找起。

她就这样，用自己的方式，延长正在读的这本书的阅读时间，延迟了它的终结。

她折腾的时候，丁未并不阻止，偶尔目光从书中抬起，又随即落回去。无论多厚重枯燥的大部头书，他总能毫无障碍地将它们读完，从不中途放弃，在一本结束之前也不会去看其他书，外科手术般切除他目光滑过的文字。

旃蒙一度觉得又回到昏睡的日子中，蜷缩在这栋几乎不见光的混凝土建筑里，或是岛那边正经老旧的公寓里，并没有区别。只是这次，她并非独自一人。丁未与其说是陪伴，更不如说是引领，带着她度过岛上的冬天。旃蒙不由好奇，如果之前的冬天他也是这样打发时日，那么那些被他读完的书都在哪里？最终她决定姑且不理会这个问题，将它搁置一边。毕竟，像丁未那样的人，无论是他读完的书在春季或者夏季的某日分发给岛上居民，或者随便搁置在屋子的某处无人踏足的暗影，都是再正常不过的。顺着这个猜想想下去，在这栋屋子里，上千本书沉睡在尚未被人踏足的某处，慢慢落满灰尘。想象那些书此刻也在屋子某个角落气若游丝地呼吸，她说话时就不由自主地压低了声音。和丁未只字片语的对话，她几乎是在用气息和他说话。丁未没有注意到，或者假装没有注意到，仍用平常音量说话。因为对话委实太过稀少，几乎都称不上交谈，所以两人在音量上的差异丝毫没有什么怪异。或者说，在觉得怪异之前，两人就已经重新陷入沉默。填充在他们之间的沉默如此令人安心惬意。

只有去山下购买必需品，呼吸着寒冷呛鼻的空气，旃蒙才会重新回到固有的世界当中，重新获得一点现实感。

这固然是个安静的岛屿，又是在没有游客的冬季，几乎可以说是荒凉。空气中仍然充盈着声音的细流，河水与沟渠，枝叶摇摆的橄榄树与松柏，云端展翅的大鸟，呼啸而过的车辆，人的脚步和话语，远处的海浪，自己牙齿轻微打战的声音，即使在最安静的时候，仍然能听到气流细微的流转。那时候她会隐隐希望就在下一个转角，遇到排骨那些伙计们，说上几句话，活动一下太久不用已经不灵便的舌头，然后再重新回到山腰上那温柔幽闭的静默中。她几乎每次都能如愿。而那种时候，丁未往往不在。

每次购物，丁未总是开车带她下山，把她放在超市前面的十字路口，然后开着车不知道去哪里，到深夜才又出现。旖蒙就在超市旁边的拉面馆等，到店主阿婆打烊睡觉，她拿出寄存在人家冰箱里的食材，坐进附近候车的小屋里，借着路灯看书。一来一去渐渐有了经验，她下山时会带上灌满热茶的保温杯，又额外多带一件羽绒衣到了夜里穿上，每次冻得手脚发麻之前就走几步活动一下身体，在超市购物时特意买几块巧克力在这个时候吃。她仿佛是有天赋的钥匙儿，很快就知道如何在这种情况下照顾自己。

对钥匙儿来说，最大的天赋莫过于完全不记恨那个将她陷入艰难境地的人。旖蒙心底并不介意丁未的坚持，他自始至终拒绝给旖蒙光屋的钥匙，也从不让她一个人待在光屋。丁未坚持着最初制定的那个原则，或者说是禁忌，即使那意味着要让旖蒙在外面等上两三个小时,他也毫不动容。丁未是否会因为她的缘故而提前回来呢?旖蒙想过这个问题,答案无疑是否定的。怎么看,丁未都不是轻易动摇的那种人。他要做什么,他不要做什么,一切都清清楚楚。这个人的意志清晰得好像冬日晴空。正因为这样,旖蒙才会觉得安心。在那些夜里,全力抵御沁入骨髓的寒气,只要看到远处黑暗中渐渐移近的光斑,紧缩的身子就会放松下来。光斑渐渐壮大明亮,延展成两道光柱,光柱划破浓浓的夜色,最后一直照到她面前,又放慢速度向前滑行些许。五菱在她面前停下。丁未打开车门,旖蒙一头扎进车里。那里如动物洞穴般温暖,浓郁扎实的气味充满着车厢。

那时候,即使迟钝如旖蒙,也知道丁未是去找女人了。

仔细分辨,几乎每次的香水味都不相同。女人们习惯座椅的倾斜度也不一样。然而与其说是这些蛛丝马迹,不如说是直觉或者更微妙的感受使旖蒙意识到丁未去找女人的事实。从女人那回来的丁未,表情举止带着他自己都没察觉到的生硬。整个人紧绷着,如同一张金属大网,抑或是被大网笼住的猎物。

旖蒙并不能清晰地判定丁未是前者还是后者。无论哪种,那些时候,她总是蜷缩在座位上,半阖着双眼,佯装从未注意紧绷大网上跳动的光芒。那光芒细碎尖锐,让人想起海滩上的玻璃碴。单手半握方向盘的手势，上半身向左倾斜的坐姿，几乎会被颧骨戳破的瘦削面容，丁未还是那个样子，却又是陌生的。她不明白丁未为什么会是这样紧绷的状态，她始终以为男人在事后会更松弛才对。然而除了一闪而过的好奇，旖蒙对此丝毫不在意。丁未的异常也好，两人之间生出的距离感也好，她都丝毫不在乎。车子里的温暖空气对她而言已经足够。在冻了几个小时之后，只有空调栅栏吹出的热气是真切得值得去好好体会的。

她总是在中途睡着。车上暖和得令人昏昏欲睡，车身摇晃得恰到好处，在女人们残留的香气包裹下，旖蒙睡得格外沉。有一件事她始终没有告诉丁未，即使他每次用的香波不同，却始终有同一种味道自他身上散出。肉欲的味道。

他并不洁净。

就这样，他们半梦半醒着，迎来那个时刻。一天下午，屋里忽然幽幽飘起歌声。丁未和旖蒙放下书，互相看了一眼，明白是手机响了。在找到手机之前，铃声又响了好一阵。那势头，如果不接就会一直响下去。丁未终于在沙发坐垫下找到手机，捡起来接通，对方寥寥数语挂断电话。丁未站在原地一动不动，手里一直握着手机，过了一会儿，他转过身对旖蒙说："大姐回来了。"

Ⅳ 付远的话

付远：

旃蒙离开后的第二个冬季，我坐上去橘岛的小型渡轮。此时，未来的人生方向已经明确，被打乱中断的上升道路修复完毕，新的导师新的学校都在等着我。我决定去橘岛看看。旃蒙多半已经离开。但岛还在。我在手机日历上设定日期——离岛的最后期限。

在夜色和雾气里，我跟着几个当地人上岸。浓雾里，只能见晕染开的灯光，不知道远近，觉得脚下晃动，好像仍旧在船上。脚下是大地，大地之下是汹涌大海。岛上众生万物以相同振幅频率一同颠簸。

"是颠簸将岛上的一切联系在一起，颠簸成了我们的根。"耳边响起了旃蒙的声音。她要在就会这么说。不知道为什么，在我踏上这座岛之后，所有关于她的记忆和想象都变得格外真切，似乎触手可及。

6、爬出生活的塔

大姐回来的当天，电话通知了所有人。夜里，蛰伏了一个冬季的人们重新聚到排骨。旖蒙和丁未开着五菱下山。在下山路上就能看见排骨。远远地看到灯光重新从排骨的窗户溢出，旖蒙眼里暖暖的。只是一点点橘色的灯光罢了。她调转视线，紧紧盯着黛蓝的连绵的山的轮廓。

"心跳快了。"丁未说。

旖蒙没明白，过了会儿才反应过来。"你知道？"

"我听到的。"丁未脸上的表情，是他最接近笑的表情。暮色近乎透明，清澈冰凉。在这样的暮色下，他看上去松弛又平静，仿佛刚刚消融的河水。他单手取出一根烟，点燃，把窗口打开一条缝。

风灌了进来，他俩不由一同眯起了眼。

一股暖洋洋的醉意推动着旖蒙，她开始讲故事。

"不久的未来，人类在地下建造一座座高塔，世代生活在那里，等级森严。他们从来不知道塔外的生活是怎样的，也从来不知道地面的世界是怎样的，直到有一天有个人爬出了他生活的塔，来到地面。"

"就像春天。"

"就像春天。"

"后来呢？"

"这个故事，我只听说过大概，一直没看过。读过的人说很好看。"

"好难得，你还有没看过的故事。"丁未轻轻哼了一声，接近于笑声，"你已经很久没有讲过故事了吧。"

"不太想跟你讲。"旆蒙说着，忍住笑朝窗外看去。这一片树林长得真好，竟然已经挨过了冬天。

他们到的时候，排骨差不多已坐满了人。尽管外面挂着歇业的牌子，还是来了一些听到消息的熟客。每个人都带了点小食饮料，放在桌上和其他人一起分享。厨子那些人坐在最里面，丁未和旆蒙贴着边一点点往里面挤……

"果然是你们最晚。"大姐单手叉腰站在吧台后面，冷眼瞅着他俩。

他俩蹩到吧台边上。旆蒙的脸红得厉害。她瞧着大姐，一副有话要说的样子。

大姐问："你要跟我说什么？"

"大姐，你想笑就笑出来吧，不要憋坏了。"旆蒙说着自己先笑了起来，"你见到我们，其实很高兴吧。"

"怎么醉了？"大姐问丁未。

"来的路上说口渴，车上正好有几罐啤酒。这个人糊里糊涂地都喝了。"丁未打开隔板，进吧台给自己倒了杯水，"因为高兴吧。"

"高兴？"

"假期结束了。"

"切。"

"怎么那么多人，忙得过来？"丁未问。

"都是自己带吃的过来。只要最后收拾就成。你待会儿留下帮忙。"

"别太晚就行。"丁未说。

大姐转过身饶有兴趣地打量了一番丁未，又朝旃蒙望去。后者正仰着脸，眼睛发亮，克制着满心欢喜，安安静静听他们说话。

"寒假过得好吗，小朋友？"大姐伸手揉她的头发。

"嗯，看了好多书。"

"哦，那以后可以听你讲更多的故事。"

旃蒙摇摇头。不一样的。这个冬季在光屋读的那些书，不是为了被记住。它们什么也没有留下来，就像被潮水冲上海滩的贝壳，又被潮水带走。

旃蒙仍旧笑着，连那道疤也一起泛着淡淡笑意。她没法去解释这个冬季是怎么回事，没法去解释和丁未在一起的阅读是如何不同。她突然意识到，她已经很久没有做梦。整个冬季，都没有梦到乡下那条河，那潺潺不绝的流水声。双桨蹚过深绿色的河水，溅起少许水花落下。湿乎乎的风里，带着一点青草刚被刈过的味道。谁家灶台里的柴火还烧着，轻烟袅袅。因为失去得过于自然，连什么时候失去都不曾察觉，连曾经拥有的事实也变得模糊，渐渐不再记得自己曾拥有过什么。

她睡得那么香甜，不觉得缺失。回忆起来，偶尔也会莫名怅然，在沉入睡海或者醒来的瞬间，隐隐觉得少了点什么，隐隐在等待着什么。然而什么都没有。仿佛空气被抽空的寂静，干燥枯涩。在最初的不适之后，旃蒙已经完全适应了这份平静。好像少了一块积木的拼图，虽然遗憾，但到底大体已经完成，并且明白已不再有找到那块积木的可能，于是接受下来。

"好像，不太记得住看过的书了。"她最终这么说道。
"喜欢岛上的冬天吗？"大姐看着她的眼睛问。

旃蒙想点头来着，却有点把握不住自己。此刻要是稍一松懈，做一个多余动作，她就会被巨大的离心力甩出去。她张开嘴，以几乎难以察觉的速度缓缓展开微笑。

她听见大姐的声音忽远忽近地飘过来。"真是不能喝的孩子啊……"

她没有作答，怕惊动那个正在半路向这里赶来的那个完整微笑。

那时候，忽然灯光暗下，随即亮起。旃蒙眨眨眼，恍惚觉得这一明一灭只是幻觉。店里不知道为什么跟着安静下来，沉默如涟漪泛起到角角落落。最后竟只剩下中森明菜的歌声。旃蒙隐隐觉得所有人都朝一个方向望去，连大姐也是。大姐的视线正越过旃蒙的肩部，落到大门口。旃蒙紧紧抓住吧台边沿，小心翼翼转身。一阵晕眩，她强忍下恶心，抬起脸，视线跟随众人的目光。随后是更大的晕眩，高耸入云的巨浪向她压来。

一直微笑的小人儿出现了。她的追兵到了。她无处可逃。

7、排骨餐厅

脸上的疤并未能迷惑付远。短发没能，一个冬季看过的书也没能。看到旖蒙的时候，付远立刻就认出了她。他穿过人群径直朝她走去，举止温文尔雅不忘微笑致意，一副老客人的样子。人们回到刚才的谈话。没有人拦住他。他像破冰船般向她驶来。旖蒙起身要跑却失掉重心，身子朝一边倒去。付远及时扶住她，一把揽住她的腰，把她轻轻放到椅子上。

旖蒙挣扎，却被牢牢按在椅子上。那个人的手臂钢铁般无法撼动。旖蒙紧咬嘴唇。如果不这样她就会叫出声。她真的快要叫了。在巨浪般的恐惧完全将她淹没前，那股冲动快要冲出喉咙。她听见付远用好听的声音在向大姐做自我介绍。他告诉他们他是旖蒙父亲的学生，以前一直受旖蒙父亲的照顾，能够留学也是在他的荫蔽下。旖蒙失踪后，所有人都很着急。四处找她。因为——

付远突然停下来，俯身对旖蒙说："我有事要跟你说。我们去外边好吗？"

旖蒙抬起头迎着他的目光。多么好看的一张脸。没有人会讨厌这张脸。他是父亲最得意的学生，也是最信任的人。他看上去可以是任何人都信任的人。温和，坦率，谈吐得体，不动声色地能将人从尴尬狼狈的处境中解救。

那些相信他的人，是否也看到了他眼睛里的小人呢。那对檀木一般温柔眸子里藏着两个微笑的小人——微笑着推开所有人的小人。那才是真正的付远。第一次遇到付远的时候，旖蒙就看到了他们。那年她十六岁。

"如果谁真的走近这个人的话，就会被他推开。"旖蒙远远地打量父亲旁边站着的这个男学生，心里这么想着时，那个人却主动走向她。那年付远十九岁，大二，是她父亲课上几百个本科学生中的一个。没过多久他就脱颖而出，成为父亲赋予厚望的学生。那天，付远第一次被邀请到教授家中深谈，遇见了旖蒙。他朝旖蒙走去。他走近的时候，眼里的小人一直在向她微笑，旖蒙还不明白发生了什么，便被他们抓住。没过多久，她就成了他的女朋友。那年她十六岁，还不懂什么是爱。她喜欢被他紧紧抱住，喜欢皮肤摩擦的热度，也喜欢亲密留下的疼痛。

付远很小心地并不真弄疼她，除了第一次做爱。事情自然而然地发生了。他带她去看电影。散场后，他们去打街霸,然后去江边吹风。他给她买女孩子都喜欢吃的香草冰淇淋。六月,刚下过雨,被打湿的地面又黑又亮。霓虹灯的灯光东一摊西一摊地在脚下化开。他把她抱在栏杆上,自己也坐上去,他们的腿悬空在滚滚而过的江水上,随时就可以踩上去的样子。他的身上有好闻的味道,引着旃蒙踏着准确的路径靠近。旃蒙来了,一步也没有错,她轻快敏捷,从一块石头跳到另一块石头,不管凶险的河水如何击打脚踝——她来了,找到了他的眼睛,他的嘴唇,他身体里面那个藏起来的微笑。

她吻他的时候,并不知道那是吻,只是循着味道一点点靠近。她只是想再闻一下那个味道,洁净和煦,好像被太阳晒过的衣服。然后就碰到了他的嘴唇。他接过这个吻。现在是他教她的时候了。他教给她什么是吻,湿润黏稠胶着又滚烫的感觉。她感到体内所有的河流都在翻涌,如果不抓住什么就会溺水死去。她伸出手臂,紧紧抱住付远。在那一瞬,她忘记了他的小人儿。

她以为一直会这样,在一个人的怀抱里忘记他眼睛里的小人儿。可现在,那个人就在她面前。她知道他不会再抱她。他想方设法找到她,并不是为了这个。

付远盯着她的脸:"你自己能走对吧?我在外面等你,你缓一下再出来。"

旃蒙点点头。

付远松开手,朝门口去。临出门的时候,回头看旃蒙,见她仍旧不动,笑了笑,独自迈步进了夜色。

旃蒙直挺挺地坐在椅子上。她明亮的刺眼的命运在外边召唤她。她要等会儿再进去,她要再听听那召唤的回声。反正没有什么可着急的,反正一切不会有所不同,反正命运就在那里,她无处可去,也不想去任何地方。如同一片落水的信笺,她在短暂的一个回转之后,最终顺着水流漂向下游。尽管她差点以为自己可以侥幸逃脱。

"丁未。"她呼唤他。气若游丝,声音轻得连自己都听不见。然而丁未却应了。

她又叫了一遍他的名字,然而再也没有下文,连求救都不算的呼喊。除了丁未的名字,她想不到别的任何话。

一只胳膊冷不丁揽住她的腰,把她从椅子里拽起。她几乎是被半抱了起来,脚尖离地被带到了厨房。她听到有人在问怎么和付远去说。大姐回说既是不认识的人,犯不着和他解释什么。丁未没说话。旃蒙只听到他的呼吸声。他的身体硬邦邦的,拖着她从排骨后门绕到停车场。

汽车发动。付远朝这边看。丁未打开了远光灯,驾车从他身边飞驰而过。

付远也许发现了车里的她。即使没有,他迟早会发觉她已经不在餐馆里。接下来呢?

旃蒙没法思考下去。车前灯把夜色切割成边缘锋利的

115

无数碎片,从眼皮划过。今天晚上不应该这样的。她还没有准备好。

她甚至已经忘记自己仍然在逃。不知不觉地在丁未身边一天天过下来,不知不觉开始心存侥幸。

她活该如此。

"带我去码头。"她说。

"太晚了,没有船。"丁未没有听她的。

"总会有船的,只要给钱。"她坚持道。

"你有钱吗?"

"打工挣的钱。我留在这是为了挣路费。"旖蒙闭上嘴。她被刚才的喊声吓坏了。那歇斯底里的可怕声音竟然是从她口中发出的。她睁大眼瞪着车前窗,浑身发抖。

"说个故事。现在。"丁未说,"我想听。"

"什么?"旖蒙以为自己听错了。

"说个故事。"

"现在?"

"就现在,快,我现在就要听。"

"一个人,他是猎人,专门抓捕人工智能,然后杀掉他们。他认识了一个人,不知道她是不是人工智能。如果是,他就要……不对。有个人工智能是总统。按照故去总统来制作的。所以他就是那个总统……不对。"旖蒙说不下去了。

丁未猛踩下刹车。轮胎一路尖叫着摩擦过路面,在街边停下。旃蒙被惯性一推，几乎飞出座位，又被安全带狠狠勒住。胃里一阵翻涌。

"你干什么？"旃蒙质问。惊吓之余的愤怒，却在她看到丁未的脸之后，烟消云散。

她从没有见过这样惨白的脸色，即使在昏暗的光线下都触目惊心。他张开嘴，费力地呼吸。

她再一次呼唤他的名字。这一次，更像是在召唤亡者。

有那么片刻，她以为丁未将永远被固定在这个姿势里，不会再动了。但过了一会儿，丁未缓缓转过脸，缓慢得像水族馆的鳄鱼。我们近在咫尺，却被安排在时间的不同维度上。旃蒙心想。

丁未停下来，望着她。"你知道的吧。"

"什么？"

"在这里，如果你不想做什么事，就可以不做。"丁未慢吞吞吐出这几个字。这些话他深思熟虑，从把旃蒙带回来的时候，他就已经做出了决定。

"不想做什么就可以不做。"旃蒙逐字逐句地重复着，连同丁未看他的目光一起咀嚼吞咽，那味道就像一口吞下一团雪。她身体抽搐了一下，脸上泛起笑容。

"不想做什么就可以不做——无论我之前做过什么都可以吗？"

丁未直直望着她。等她说下去。"要是，我杀过人呢？"

手机铃响了。

丁未拿起电话。大姐的声音从里面传出。她问他们在哪里。丁未告诉她在路上。大姐让他回排骨。丁未说他们都困了,今晚不下山。有那么一会儿,电话两头只听到沙沙沙的杂音。仿佛他们的话语被宇宙亿万年前的无线电脉冲所淹没。

旃蒙推开门下车,走到车灯照不到的暗处。不远处一条小路直通村口的庙宇。被修剪的松柏下面,一排带围兜的佛像正在她看不见的黑暗里微笑着。旃蒙转身背对那个方向,弯下腰,张开嘴。整晚入肚的酒水食物倾倒出来,胃一阵阵痉挛收缩。她在寂静的夜里发出可怕的声音,像一头嘶声痛哭的野兽。不知道过了多久,丁未扶起她,搀她上了车,系好安全带,用抽取纸擦掉她脸上的污物。

"电话是大姐打来的?"她问。

"嗯。"

"你们打完了?"

"嗯。"

"现在,我们还回去吗?"旃蒙用手捂住脸。能料想付远会对大姐说什么,也能猜到大姐电话说的内容。她无动于衷地想象着他们可能使用的措辞,他们的语调,只有丁未的反应,她想象不出。

"我们还回去吗?"仿佛是为了再次确认自己的不确定,

她又问了一次。

丁未没有作声，驾车向山上开去。

在他们身后，码头，渔船，停车场上食草巨兽般聚群酣睡的公共汽车，分布在山脚下蜿蜒曲折的小径的旧式住宅和超市变得越来越小，越来越不真实。

那一夜，支离破碎。旖蒙回去梳洗完躺下就睡着了。断断续续地做梦，又醒来。分不清是第几次醒来，每次睁开眼都看见丁未微驼的背影——他在打游戏，这样想着便浑浑噩噩地继续入睡。她做梦，梦见好多次大姐。大姐还有付远坐在她面前注视着她，沉默不语。后来再梦见他们的时候，他们全都身着黑衣，宛如丧服。隐隐的，有烛光在他们眼里摇曳。从哪里飘来死气沉沉的百合香气。在梦里，旖蒙一动不动地望着他们，什么都做不了。

再看到他们的时候，丁未和他们站在一排。一块光斑落在付远的脸上，令他看起来晶莹坚硬。

"醒了吗？我有话要对你说。"付远对旖蒙说道。这一次不是梦。他终于要对她说话了。

那天中午，旖蒙在大姐山脚下的公寓醒来——后来她知道是丁未趁她睡着的时候把她送过来的，因为付远有很重要的话要对她说。

"说吧。"斾蒙从双人大床坐起身,发现大姐和丁末正打算离开。"你们不用回避。他接下来要对我说的,之前应该也跟你们说了吧。"

所以他们才会把她带到这里交给付远。

大姐和丁末一声不响地往门口走,谁也不理会她的挑衅。他们把她带到这的时候,就料到她的反应。

"如果我不愿意做就不用做,是吧?"斾蒙提高了声音。丁末停住脚步。

"那好,我不愿意被你们两个人这样留在这。"

大姐回头看了一眼丁末,向付远投出询问的目光。付远点头。

"好了,斾蒙。现在你听我说。"付远在斾蒙面前蹲下,握住她的手。

他几乎是含情脉脉地握住了她的手。斾蒙笑了。"我听你说。"斾蒙收起笑容,坐直身体。

"去年春天的时候,老师去世了。"

"我父亲?"

"是的。"

车失去控制,尖叫着横着划出车道。刺耳的刹车声回荡在空荡荡的路面。

一辆失控的车试图停下来。可怖的刹车声。在地狱里人们一定这么开车。斾蒙浅浅吸进一口气,等着付远说下去。

而他只是握紧她的手,仰脸望着她,神情悲戚。他的目光机警沉静,全力捕捉她脸上可能出现的信号。

"你说完了?"旖蒙意识到这点,不由自主地咧开嘴。在她无数次的噩梦里,并没有为这样滑稽的戏码做预备。

对不起,我这里并没有你想搜寻想打捞的悲伤。要是我哭了,你就可以上前抱住我,搂住我的肩膀轻声安慰,让我的眼泪濡湿你的衬衫。然后,你就可以告诉我一切结束了。为了做这样一个宣告,你跑了那么远找来。

旖蒙捂住脸,努力不让自己笑出声。她听到他们在手掌后面的世界叫她。人们在召唤她,回到她应该回的角色里。

她放下手。

付远和丁未还有大姐在面前站成一排,像梦里那样。

"谢谢你能来告诉我。"旖蒙站起来,走进盥洗室,锁上门。

把水龙头开到最大。

水声喧哗。水流直落在陶瓷水槽底,溅起水花。"旖蒙?"大姐隔着门叫她。

"我洗个脸。"旖蒙说。忽然她关掉水龙头。在突如其来被抽去声音、真空般的寂静里,旖蒙问:"付远,你是怎么找到我的?"连我都差点丢掉自己。逃离医院的时候,甚至不知道有这座小岛的存在,更不会想到会留在这里。要是醒来后坚持离开的话,就不是现在这样。旖蒙任由思绪缓缓散漫到早春的光线里。她不着急。

刚刚有人告诉她,她的父亲已经在一年前去世了。没有什么需要着急的。

透过盥洗室们的拉花玻璃,她能看到他们三个的人影,像被水浸润的油渍。

付远的声音从门外传来,向她娓娓道来这一年发生的事。医院打电话来的时候,他正在大学图书馆查资料准备论文。

赶过去的时候,只剩下手续要办。因为找不到旖蒙,他们才通知付远。毕竟,他是父亲从原来学校带来的博士生,父亲身边唯一能靠得住的人。头几天,付远忙着处理学校医院一大堆的事。父亲来这所大学工作不到三年就病逝。对学校师生来说,是损失,对千方百计把父亲挖过来的校方,这份悲痛无疑会更复杂些。这些情绪最后都以某种微妙的方式转移到了前去办理手续和校方交涉的付远身上。"对他们说,我就是老师的家臣。"付远那样对旖蒙形容。旖蒙笑了。他以前就能轻松把她逗笑。

也有人问起旖蒙去了哪里。无论怎么看,这些事即使由付远来操办,她身为女儿也应该出面。付远搪塞过去。他以为旖蒙只是需要一个人静静,躲在城里哪个角落,最多过几天就会回来。到那时,他再告诉她噩耗,陪她一起挨过最艰难的日子。

旖蒙点点头。有条理的做法。到那时,处理完所有事情,他们也都有余力为以后的日子做打算。

"一直到那天。"付远顿了一下。"火化。"旖蒙替他说了。

旖蒙没有出现。直到那之前,付远都相信旖蒙没有离开,只是躲在附近哪个角落暗中留意这边的情况。她一向不善于应付这类事,用这样的方式逃避也不奇怪。可到最后,她一定会出现。然而等到火花下葬那天,她仍然没有出现。付远终于意识到旖蒙失踪了。他开始四处找寻旖蒙的下落,考虑再三后,在报警和侦探社之间他选择了后者,希望凭借他们的专业技能尽快找到旖蒙。

"最后,侦探社通过手机定位,查到你手机最后的信号是在这个岛上的基站发出的。"

简单到无聊的答案。旖蒙脑中闪过那台和行李包一起被留在岛上旅馆的手机。早知道她就应该在上岛前就把它丢了。但是已经无所谓。就算他们找到她,也只是为了告诉她父亲的死讯。

"你们饿吗?"她问。

"你能出来再问这个问题吗?"大姐苦笑。

旖蒙推门走出盥洗室。这个时候还会照常说笑的大姐只有一个。只在这里。"吃完饭一起上班吧。今天排骨开张?"她问。

过了一个冬天,排骨重新开张。中午吃套餐的人排起长队。店里的人悠闲了好一阵子,多少有点不适应忙碌的节奏,几乎每个人都出了一点小岔子,连大姐都把两桌客人的账单弄混。只有旖蒙,从容不迫,有条不紊地招呼客人,应对纰漏。

"不错嘛。"午休的时候,大姐私下夸她,"整个寒假都在偷偷练习呢。"

"可以拿到全国联赛冠军。"大姐想说什么,随即改了主意,长长吐出口气,随手换了其他的歌在店里放。

"全国十大善解人意侍应生。"旖蒙点点头,安静下来,侧头听正在放的歌,竟然是后摇风格的,似乎是一个来自冰岛的乐队。"大姐你怎么了?"

"换换风格而已,一直听雷鬼很累。"大姐斜眼瞥了一眼旖蒙,心事重重地打起拍子。有那么一会儿,她大概是在踌躇怎么称呼旖蒙,是叫她原来的名字,还是旖蒙。

"大姐,你还是叫我旖蒙吧。"

"嗯,这名字适合你。你现在看起来完全就是岛上的人。"

旖蒙瞟了一眼镜子里那张黑脸。"一个冬天都没白回来。"

"头发也长了。"

"还是卡车司机标准发型。"

"旃蒙，不用怪丁未。"

旃蒙愣了一下，随即明白大姐说的是他们安排她和付远见面的事。

"昨天半夜我又给他打了电话。我告诉他如果他不把你带到我这里，我就开车送付远到光屋。"

喉咙被什么哽住。旃蒙用力咽下无名块垒，吐出几个字。大姐没有听见。"你说什么？""迟早的事，不是吗？"旃蒙笑着退了两步，迎向刚刚进来的客人。

她知道自己在说谎。

她本来可以逃走的，本来可以远走高飞。即使在昨天晚上，她还是有机会的。可是她却像个傻子一样留在这里，被困在这个该死的岛上。作为惩罚，被迫坐在那儿听她父亲的死讯。好像她生命中这种消息还不够多一样。

他向她担保不愿做的事情她可以不做，然后就把她交给了付远。

一连串的事之后，在旃蒙晦暗不明又繁乱如麻的内心里，只有一种情绪是如此耀眼，像海上翻涌滚动的乌云忽然间敞开一方天空，金色明亮的光柱从天上直射而下——对丁未的愤怒。

她努力视而不见，视而不见这份孩子气的愤怒。然而这怒气虽然孩子气却明晰强烈无法消解，甚至无法无视。

晚上八点的时候，付远来了。他找了一张靠厨房的双人桌坐下。旆蒙招呼完其他客人来到他这桌，为他点单。付远拿起桌上的菜单夹，点了最显眼的那道主推汉堡。

"这是中午特供。"旆蒙说。

付远放下菜单，扫了一圈周围，指着隔壁桌上的色拉说，那个。

"色拉里有虾。"旆蒙提醒他。

"你推荐一个我能吃的。"

他故意的。旆蒙放下点菜单，望着付远。总是这样，这个人不紧不慢，不知不觉就控场成功。料到旆蒙会记得虾是他的过敏原所以故意点虾。这伎俩，旆蒙明明知道，却还是没法讨厌这样的他。一直以来，他就是用这样的方式牵着她的手，陪着她走了很长的路。也许，他只会这样。

最后旆蒙为他点了特制的巨无霸汉堡。点菜单子上，巨无霸汉堡五个字后面加上了长长的括号。大姐和厨子拿着这张单子看了很久。

"括号里是什么？"大姐问。

"客人忌口的食物。"旆蒙回答道。

"这些都不能放，那他来吃什么汉堡？"厨子叫道。他没法想象不加芝士的巨无霸。

大姐不吭声，定定看进旆蒙的眼睛。她明白了。"随便给他做点，能吃就好。"大姐吩咐厨子道。

就是这样。他们从不避讳，从不隐瞒。

无论在哪里，人们都可以轻易看出付远和旖蒙的关系。老师的女儿和他的得意门生，上好的八卦素材。是美谈或者丑闻，最终还得由付远将来的学术成就来决定。而现在，他们在一起，就像一对无害的文鸟，偶尔出现在别人的视野里，被当作风景。大多数人觉得他们还只是孩子，迸发的恋情注定美好却短暂，然而付远却是意外的认真，有着他的长远打算。

付远带旖蒙去见过他母亲。一个普通日子，看似偶尔经过，付远就领着旖蒙进了家门。直到那时，旖蒙才知道付远算是她的邻居。只要从她家阳台探出半个身体，就能望见楼下公共花园对面那一排简易的筒子楼，其中一间属于付远和他的母亲。

他们家的窗户前有一棵玉兰树。去的时候，恰好一树的玉兰花都开了。白白胖胖的花骨朵和绿油油的叶子衬在红砖墙边上，打开窗伸手就可以够到。她让付远抱住她的小腿，自己伸手去捞，仿佛动画里捞月的猴子。因为想到这个，她咯咯乱笑，笑得人乱颤，怎么也止不住，更别提去摘花。

"付远，你看，对面右边第三栋楼十五层楼阳台冲南的就是我们家。啊，书房亮着灯。您的老师回家了。"

不知道什么时候起，在付远面前，旆蒙开始用"您的老师"来称呼父亲。付远对此不置可否。他并不热衷于改造他涉世未深的小女朋友。就算有时候旆蒙胡闹，也就是像这样伸出大半个身子去够树上的花。而他要做的也不过是紧紧抱住她。

付远无疑是纵容她的。直到后来回想起这一切时，旆蒙才意识到。即使在他母亲面前，在那个削瘦苍白却长得好看的中年女人面前。他带她回家，见他的母亲。并不是一次正式见面。她母亲进屋时，他们还在想要去够枝头的玉兰花。那女人有些吃惊，但随即猜出旆蒙和付远的关系。她寡淡地微笑着，拿出冰箱里的苹果招待。苹果有些皱巴巴的，她犹豫了一下，便削皮切块，加上黄瓜白煮蛋，浇上丘比特酱做了色拉。

旆蒙尝了一口，便喜欢上了。她没吃过这种做法的色拉，也没有见过在家中手脚麻利的中年女人。两者散发着令人眷恋的气息。仅仅只是待在那里，这些日常平凡的景象就让她炫目。那个时候的她太过年轻，而付远也从未提醒过她。直到后来回忆时她才察觉到那女人脸上过度辛劳留下的痕迹，才意识到皱巴巴的苹果是因为放了太久。父亲和她是一个家庭。付远和他的母亲是一个家庭。她心里并不觉得这样的家庭构成有什么问题，更不能体会单亲母亲这样的角色，对一个普通售货员而言过于沉重。

和付远在一起的时候，她什么都不懂，也什么都不用懂。付远知道就好。

付远总在她身边。

他眼睛里有微笑的小人。他总是穿着白的发亮的衬衫。即使夏天，扣子也一直扣到领口。

付远从八点一直坐到店打烊。等客人都走了，他就帮着打扫卫生，翻椅子。没有人管他。大厨本来要说什么，被大姐拦住。她问付远住哪里。付远告诉她酒店名。那地方离排骨不远，下了山，再过四个路口就到。

"这么晚了，还能叫到车回酒店吗？"

"没关系的。我骑车来的。酒店正好有租借自行车的服务。"

"不错嘛，骑车上山？"

"还行，毕竟是电动自行车。"

说话间，已经没有剩下什么需要收拾的了。

大姐看了看旆蒙，熄了餐厅前排的灯。"明天别迟到。"她说。旆蒙没有回答。大姐很久不这么嘱咐她了。只有在不确信她会不会来的时候，大姐才会那么说。因为洞察到这点，旆蒙更不愿意去回应。她跟着付远出了门，等他从阴影里推出自行车，缓缓向她而来，他们好像仍然是在校园里无忧无虑的一对。看灯下人影晃动不由得一恍惚，早春的寒气冻得人鼻子酸了。就这样猝不及防回到了过去，仿佛所有的破碎都还没破碎，仿佛一切都还来得及挽回。

车在她面前停下。她跳上车后座。坡路陡峭，付远没有骑行，而是推着车慢慢走。来岛上一年，还是第一次这么走夜路。见到的风景和她在冬天车站等丁未接她的时候又不一样。至于哪里不一样，却又说不出。为什么要去做区别？即使记得，即使能清晰准确地描述，也是将要，不，是已经，消逝的记忆。旆蒙眯起眼睛抬起头，一轮弦月又细又亮。

第一个拐角，一辆车从他们身边迎面而过。两边都没有慢下，按照各自原来的步调行进。

"真没想到。"付远幽幽说道。

"没想到什么？"

"我从没想过有一天能由你来给我点菜。"

付远对许多食物过敏。除了他和他母亲，没有人能记住他到底能吃什么。因此，和他吃饭始终是问题。旆蒙曾经笑他总是随身带着长长一串禁忌去食堂打饭。

她曾经取笑过，然而也的确悄悄记下他不能吃的食物——一连串普通的食物名字就写在随身带的灰色笔记本的最后一页。付远不知道。父亲也不知道。没有人知道她满不在乎藏起来的秘密。时至今日，这些秘密已经变得一文不值。

旆蒙望着付远的背影。以前看的最多的是他的侧脸，他的下颌骨和嘴唇的轮廓真是好看。看到它们，旃蒙就会高兴。

旃蒙轻声叫了一下付远的名字。付远脚步慢下来。

"我长大了呢。"旃蒙说。

付远回过头，借着月光好好端详她。过了好一阵，他掉过头，继续推车前行。

"是不是？"旃蒙追问。"是吧。"

他一定是注意到她脸上的疤，却继续假装没有看到。

她打了个寒战。"骑回去吧。这么走还要走上很久。好冷。"

"路太陡。"

"没关系。"

付远停下来，慢慢跨坐上车。旃蒙从后面环抱住他的腰。想了想，又把双手分插进他两侧大衣的口袋里。

真暖和啊。

大姐的脸色微微一变，在看到旃蒙的那个瞬间。才早上九点。旃蒙从没有那么早到过排骨。

"你让我早点来的。"旃蒙跳下电动自行车，把它停在不碍事的角落。

"不错。乖。"大姐下巴冲自行车一扬，"以后上班就用它？"

"看酒店同意不同意吧。"旃蒙笑着进了屋，准备换衣服。

突然她停下来。"大姐。"

"什么?"

"能不这样盯着我吗?我要换衣服。"

"哦,走神了。"大姐背过身,"想象你每天骑着电动自行车准时上班,真是正经得不得了的样子。"

"有个正经员工不好吗?"

"昨天跟付远去酒店了?"大姐问。"嗯。过夜了。"

付远房间的陈设酷似旖蒙最初在岛上住的单人间,以至于刚过去时,她恍惚觉得又回到了那几天夜里。也没有什么大惊小怪的。这个岛那么小,像样一点的酒店彼此借鉴装修风格,也很正常。

付远没有开灯。从窗户外面透进来远处港口的一点灯火。他们面对面站在那样的光亮里,站了很久。

"做了?"大姐问。

旖蒙哑然失笑。要是一年前,她绝对想不到会被人问到这种问题,而且是用这样的方式。她的生活里,没有人会这样粗鲁。然而旖蒙并不讨厌被大姐这么问。在人生的头二十年里,她从没有遭遇过这样不加掩饰的直率。"没有。"她说。

她可以不回答这个问题的。但既然不是什么大不了的问题,这么回答一下也没关系吧。她和付远没有做。他们睡在一张床。付远从后面松松抱住她,身体几乎没怎么接触。旃蒙被熟悉的气息包围着,等待着某个信号,某个可以开启彼此熟悉感知的信号。他们将被重新引入那片只有他们的荒凉海域。然而有什么错位了,或者永久地缺失了。岛上的黑夜里,他们并肩躺在旅馆双人床上,没有遗憾,没有怅惘。只有亘古的洋流在他们身下流荡翻涌。黑得发亮,犹如星辰。

那天夜里,旃蒙又在梦中听见故乡的流水声。由整个冬季囫囵吞下的书籍筑起的堤坝轰然崩塌。被阻断的河水重新流淌,涓涓不断。

没有人需要知道这些。

"大姐,你挡住路了。"旃蒙高举餐盘过头,从大姐身边挤过去。

"我在想……"

"大姐,开工吧。"旃蒙打开冰箱,取出要化冻的牛肉。

"我在想要不要告诉你,昨天晚上丁未来接你了。还是老时间。但是你们已经走了。"

旃蒙关上冰箱门。她受够了眼前这个心神不安的大姐,既不想知道原因,也不想去安慰她。

"你们想要怎样?是你们把我交到他手里的。"旃蒙失声喊起来。

"你父亲过世了。"

"那又怎样!"

他们安静了。喊出那句话,每个字都重重地砸在逼仄的休息室。旃蒙直挺挺地站在原地,在吓呆了的面具下面,身体因为狂喜而战栗不已。

"我去抽根烟。"大姐嘟囔着走出休息室。

也许这就是她今后的生活:骑着从酒店租借的电动自行车上到半山腰,来做侍应生。她的博士男朋友在酒店里无所事事,等到了晚上来接她下班,帮她打杂。

蹬踏着上坡,不断加速地下坡,山坡的公路平滑顺畅,大地肌肉隆起,景物飞快闪过。

整整一天,她工作得尤其勤勉。整个人处于亢奋状态。她不得不如此。在亢奋底下,曾经攫取她的昏睡被再次唤醒,正冷冰冰地等待时机,再次吞噬掉她的全部意志。

没有人再问她问题。

晚上,付远来接她,表现得像一个寡言深情的男朋友,照顾爱护着自己的小女朋友。他接过她手里的垃圾袋、啤酒箱、凳子,默默做完她未做完的事,好像只是一片温顺巨大的影子,大部分时候和其他暗影混合在一起,却一点点消融旃蒙的亢奋。

大姐留付远关店后和大家一起喝一杯。"怎么样?好久没聚聚了。"

"谢谢,不过我们骑车来的,待会儿还要把车骑回去。"付远礼貌回绝。

"不碍事,待会儿找人送你们回去。"大姐说。"车怎么办?"旃蒙问。

"一起送回去。"大姐答。

旃蒙扫了一眼大姐,转过来问付远。"怎样?"他们留了下来。

门上迎客的牌子翻了过去。餐厅里只留了一盏灯。算上付远一共五个人围着灯下那张圆桌,或站或坐,边喝边聊。谈话松散随意。那是工作一天后体力劳动者之间慵懒愉悦的谈话。没有中心,没有目的,简短到外人无法听懂,几乎没有完整的句子,夹杂着沉默,还有清脆的碰杯声。

"房间订到几号?"第三次碰杯后大姐问付远。"这房间你订了几天?"有人附和。

"还有几天。没想到那么顺利。"也许因为喝了点酒,付远望着旃蒙的眼睛里泛着笑意,"那么快就找到了她。"

"是啊,她不该在岛上最受欢迎的餐馆打工。"大姐说。

"餐馆的错。"旃蒙点头赞同。

"你知道吗?我们见过。"大姐突然说,看到付远如她预料的那样困惑,不由笑了。"我们坐的是同一班渡轮。我看见你坐在二楼休息室右边最后一排椅子上。你一看就不是岛上的人,特别扎眼。"

旖蒙端走所有人的空杯子去加满啤酒。在她身后,付远不知道接了句什么话,把其他人都逗笑了。这就是付远,生来讨人喜欢。在学校时,即使和父亲不和的教授都会对他格外关照。很多令人头疼的事情,到他这里,自然而然地就顺利起来。

喝到第五轮的时候,主厨居然睡着了。听到他的鼾声,其他人才发现,这个人胳膊支在桌上手托着脑袋赫然睡着了。

"可是眼睛还半睁着啊。"帮厨伸手在那双半睁的眼睛前晃。毫无反应。

"不错嘛。"大姐惊叹。

其他人不由也喜滋滋地围观这小小奇景,看主厨能睡到几时,就像童话里围绕着发光圣诞树的一群小孩。

从外面传来的刹车声打破了寂静。厨子惊醒,猛地抬起头,眼睛瞪得滚圆。

"啊,怎么了?"他跳起来。

众人忍住笑,告诉他,大家都累了,准备回家睡觉了。"你们这么早就困了吗?我倒越喝越精神。"主厨说。

帮厨爆发出一阵大笑,怎么也止不住,最后讨饶般抱着大衣挥手先走了。

大厨又喝了两杯,嘴里念念叨叨着也走了。

最后剩下付远和旖蒙,同大姐一起离开。院子里,大姐的雪铁龙旁又多出一辆车,就是刚才开过来惊醒厨子的车——通用五菱。丁未坐在驾驶座，望着他们。

大姐举手和他打了个招呼，转而定睛看向付远和旆蒙，沉吟了一会儿。"我的车小，放不了你们的车。他的车大小合适，正好可以顺你们一段。"

"大姐你喝了酒自己开车回去没关系吗？"付远问。

大姐怔住。没想到付远是这个反应。"没事。我住得近，走回去。"

付远若有所思地点点头。

也许是酒精的关系，大姐似乎没有意识到她刚才的回答泄露了她的意图。旆蒙瞧着自己的脚尖，好像整个宇宙的秘密都在那，努力不让自己为大姐感到难过。

她听到付远的脚步声。皮鞋踩在小石子上，像是在碾碎许多有棱角的小骨头。"你能带我们回酒店吗？"她听到付远在问丁未。

但她听不到回答。

想象着被问问题的那个人用人类耳朵可接受频率之外的声音向外发送着信息。

到底是十九赫兹还是七百赫兹？鱼群能听到吗？群星能听到吗？

"他正好顺路，可以搭我们一段。"付远走回到旆蒙身边对她说，"你先上车，外面冷。我去把自行车抬上车。"

旆蒙抬起眼研究他此时的面容。付远看上去完全不记得丁未——这个曾经搭救、收留又放逐她的男人。旃蒙坐到驾驶座正后方，面孔贴着车窗。透过污浊的玻璃，外面的夜变得模糊柔和。

付远将自行车抬进车里，人跟着上来。车稳稳地倒出院子，驶上公路。

"这么冷？"付远握住旃蒙两只手，合在他的手掌里，用力焐暖。他的手大过很多比他高的男人，厚实并且温暖。这也是他身上唯一让人觉得违和的部分。"明天，把我那件厚外套穿上。"

"好。"旃蒙合上眼。身体随着车身轻晃。

车厢里出奇的沉寂。她仿佛置身于一片沉睡的深海。

付远让她意外。原以为他会礼貌回绝大姐的提议，然后两个人推着车慢慢下山回酒店。换成以前，他一定会那么做。他虽然善解人意，不轻易拒绝他人的好意，却意外地也有怕麻烦的一面。在他的尺度里，搭丁未的顺风车，应该就属于麻烦的范畴。他本该拒绝的，却这么带着她上了车。

好了，她现在就在车上了，就在所有人执意要她上的车上了。旃蒙紧闭双眼。在黑暗里唯一能感受到的，只剩下付远掌心源源不断传来的热量。

有那么一瞬间，她以为他会吻她。

而他却松开手，用只有她能听见的声音告诉她，之后几天他都会睡在酒店的沙发上。

午夜，付远突然开口说了句话。"嗯？"旆蒙迷迷糊糊地应着。半梦半醒着，她完全没听清。

付远又说了一遍，声音从被子下面闷声闷气地传来。"被子啊。"

"啊？"

"你蒙着被子说话鬼才听得见。"旆蒙幽幽地抱怨道。她太困了。最后一个字几乎是在梦里说的。这个人以前睡觉时也这样，无论冬夏都会用被子把整个人从头到脚蒙在里面。搞不懂怎么会有这样的怪习惯。

"明天什么安排？"这一次旆蒙听见了。付远总算探出头好好说话了。

"安排？上班啊。"

"明天你休息。我问过大姐了。"

"啊，又休息。"旆蒙睁开眼睛，盯着酒店的墙壁发呆。"喂，一起去玩吧。"

他曾经说过同样的话。同样的声音，同样的声调。在多年前的某个夜里。

那是旆蒙高二升高三的暑假，她随父亲参加学术会议，到了山区的景点。在蜿蜒爬过崎岖难走的山道之后，五六栋洋楼从一片摇曳的竹林松涛中露出漂亮的红色屋顶。付远作为助手和他们父女住在一个套间。他穿着白衬衫，跟在父亲后面，在父亲需要他的时候出现。想起来，他们都穿着白衬衫。

父亲真爱白衬衫,各种式样搭配各种场合。打开衣柜,白晃晃一片。

付远只穿一种式样的衬衫。一种穿法。

有人说,他穿白衬衫是从遇见父亲后。但真的吗?什么时候他会突然又回到原来的样子,不再执着于白衬衫了呢?

旃蒙并不去想那么远的事。那年暑假,她沉迷于眼前穿白衬衫的身影们。他们的身形翩翩,轻盈得几乎乘风而去。同行的教授们都误以为付远是父亲的孩子,那种每个家里都会需要的懂事的长子。

一天晚上,大雨过后,空气清甜微凉。他们关了空调,打开所有窗户和门,一起坐在阳台上乘凉。没多久父亲被一个电话叫到书房,剩下他们俩个继续坐在夜色里,啜饮着当地特产的果汁,偶尔腾出手驱赶蚊蝇。旃蒙坐了一会儿,返身回客厅躺倒在沙发上,神思漫游在半明半暗间。那个时候,付远说了同样的话。

"喂,一起去玩吧。"这话,这声音,是他又不是他,好像在那个时刻,因为漫山徐徐上升的雾气,眼前的少年也从他自身溢出,发出了不属于他的邀请。

旃蒙探起身,注视着阳台藤椅上的身影,那个身体正以前所未有的放松姿态敞开身体,伸展四肢,全神贯注面对他眼前不可捉摸的深色风景。

"去啊。哪里?"旃蒙说。那时她这么回答,现在仍是。"去啊,哪里?"当她说出最后一个字时,仿佛看见时间之河在面前闭合。彼时与此刻相交汇拢。

"随便转转。这个岛上还是有不少可以转的地方。这个酒店提供的地图内容很详实。"

"一天太紧了。要不要——"旃蒙停了很久,屏息等待神迹突然降临,"我和大姐请几天假?"

付远陷入沉默,仿佛和她一起并肩仰望那不可测的异象。然后,他等到了他的神迹。

"好。"付远说。

V 付远的话

付远:

随便转转。我们在黑暗里达成共识。我的确想好好看看这个岛,了解它的全貌,也许会知道是什么改变了旃蒙。此时此刻的旃蒙,和我没有料到的重逢一样,是某个环节出了错的复杂流程的结果。可以推倒重来,但是意义不大。我们是两个在某个时间点上相等过的变量,再也找不到公式把我们联系在一起。就算在她身边,我也不确定她就是旃蒙。和岛上的这个女人待得越久,我越不记得她原来的样子。旃蒙,恩师的女儿，我的小女友，在那个最后期限到来之前，已经被我遗忘，或者说被现在的她替代。在岛上的日子，我总会想到手机日历上的那个日期，一部分心神游离出去，捕捉随时可能响起的提示音。而她脸上雾一样的表情几乎每时每刻变幻着，并不在意我的走神。

明天开始我们要随便转转，在这岛上漫无目的地游荡。我们会去许多地方，唯独那栋房子。她会假装那里不存在，就像这个岛上的其他人，他们用沉默在那栋房子外筑起高墙。我讨厌那栋长方形混凝土房子，从远处看到它的第一眼就开始讨厌。它生硬突兀不讲究实用性，从任何角度看过去都显得古怪，几乎不考虑居住者的舒适需求。它像个被错置的地堡，从外面完全看不见里面的结构和布置，顽固地向内封闭着自我的同时，又是这么的耀眼。在岛上的每时每刻，我都讨厌着那栋房子。

只有离开这座岛，就不用看见它，然后完全忘记它的存在。我已经看到我和旖蒙登上渡轮的样子。她会跟我走，会渐渐适应没有那栋房子的生活。

8、在陆地与海洋之间

付远提议坐公车，而不是电动自行车。他说山道太陡而弯道又多。旃蒙告诉他岛上公车车次很少，而且网上查不到时刻表。付远说没关系他出去拿。旃蒙简单吃了点东西，正给大姐打电话请假的时候，付远就回来了，手里拿着岛上旅行咨询处给的公车时刻表。

他们做了一系列的行程表、路线图，配合着公车的时间表，一直安排到他们在岛上的最后一天。

唯独第一天，也就是这一天的上午，他们没做安排。旃蒙看了看时间，打算从付远随身带的书里挑一本读，还没打开就被付远拉起来。

他们几步出了酒店，正好赶上经过的公车。车上空荡荡的。只有一位老奶奶坐在前面照顾席上。他们在最后一排坐下。岛上的公车和岛上的老年人一样，从容缓慢，有着自己的节奏。旃蒙和付远的身体随着这节奏轻轻晃动。

"在车上看风景很不一样的。"付远说。他的手再一次拉住旃蒙，充满温情。

"这是去哪？"

"超市。我们需要一些旅行用的东西。"

旅行用的东西。旃蒙品尝着付远的话。舌尖发麻。

正如旃蒙所料，他们果然不只买了"旅行用的东西"，除了背包、食物、水、手电筒、适合走路的鞋子，还买了一整套她在这个季节穿的衣服。试衣间里，她把它们全部穿上，站到镜子前。镜子里站着的人，比起几分钟前的她，更像是一年前的她，只是略微土气——付远已经尽力了，这些衣服是这个岛上能买到的最接近她原先风格的着装。她很久没有意识到自己身上穿的是什么。除了裤子是夏天买的算是合身，外套和毛衣不是大姐的就是丁未的，层层叠叠地套在身上。也许，在付远见到她的一瞬间，最令他震惊的不是她脸上的那道疤，而是蚕蛹般包裹着她的肥大衣物吧。

他把她变回原来的模样。并未完全成功，却也已经十分接近。当旒蒙打开更衣室门迎接付远的目光时，确确实实看到眼里恳切的呼唤。她差点就冲他展开笑容，那种女生在这种时刻惯常的羞涩笑容，作为回应。

他们提着东西，在超市后面曲折深巷里找到地图推荐的有名面馆，吃了午饭。老板是个健谈的大叔，虽然是中午，已经能闻到从他嘴里冒出的酒气。他笑嘻嘻亲手下了面端给他们，又硬把他们当作度蜜月的新婚夫妇。旒蒙解释了几次，却拗不过老板的固执，最后放弃，随他拿他们打趣。

"简直是强行调戏。"走出饭馆没多远，在里面一直沉默的付远苦笑道。

"只是说说而已，就当蜜月好了。"

"好厉害。"

"换以前，你是不会这么说话的。"

一阵强风迎面吹来。他们不由眯缝起眼睛,缩着脖子,顶风前进。等风过去,旆蒙放松下来,转身追问:"我以前是怎么说话的?"

"说话做事都特别认真。因为特别认真,让人觉得不好对付。"

"所以没什么同龄朋友。"

"但是不知道什么时候你会突然胡闹一下,那才让人头疼。谁第一次碰上你那个胡闹的话,会吓一跳。"

"这样的吗?"旆蒙把手深深插进兜里,深吸一口气,"还以为今天是春游。"

"不是吗?"

"听起来更像是帮助失忆者恢复记忆的院外治疗。"付远没有接话。

"你不会真的以为我失忆了吧。"旆蒙笑了。目光落在付远脸上,她明白了。至少在排骨重逢的时候,付远真的是这么想的。他还是那样,一旦被道破心事,他就会像现在这样双唇紧闭,然后又瞬间恢复常态。

她从他身边走过,停在橱窗前,端详里面的人影。这样的穿着,此刻对她而言,既陌生又熟悉。

来岛上之前的她,一贯灰白藏青,低调的款式,面料却遵循父亲的审美,讲究得几乎有点沉重。仿佛从出生起,就带着与这些衣服年龄不符的匹配。偶尔她也怀念那些在乡间田埂玩耍打闹时穿戴的花色粗棉衣。那些旧物在回到城里和父亲同住之后,就不知被丢到了哪里。

还记得紧抓着阿母的手被哪个大人扯开的疼痛,在那疼痛里,在坐船顺奔流河水去城里的路上,她不知不觉长成了镜中人的模样。她以为,自己会永远被定格在镜中人的样子。

那时候她还不知道有这座岛的存在,不知道光屋的存在。她的脸上还没有疤。

付远走到她身后。旖蒙觉得背后热烘烘的。曾经有段日子,他们还没有在一起,他也会默默站在她身后,只是站在身后,就能让她感到被环抱的体温和力量。

旖蒙掉过头,正对着他。"待会儿去哪?"她问。"溪谷。"

他们向车站走去。旖蒙咽了下口水,也咽下了别的什么。就在刚才那个瞬间,一个故事差点从她嘴里涌了出来。

充满战争残骸的荒凉海滩上,一个快没电的机器人战士,一个小男孩,一条流浪狗,他们三个互相照顾的故事。那个机器人后来没电了,小男孩串完了纪念机器人战士的串珠。后来,小男孩长大了,学会了求生技能,并且离开了堆满机器人残骸的海滩。至于狗,她不记得后来狗怎样了。

旖蒙感到惊骇,她从没想到有一天,她会对付远说起故事。她从没有对他讲过故事。来这个岛之前,她从未对任何人讲起这些古怪的故事。

他们去了溪谷，去了梯田，去了灯塔，去了纪念馆和博物馆，星期天的早市，当地最著名的小吃店，就像岛上不时见到的年轻男女，介于朋友与情侣之间微妙紧张的关系，一起来到此地，闲散地打发时光，半真半假地为这里的风土人情惊叹。只是他们更有默契。此时发生的，早已在过去发生过。纵然在不同的地方，但并无太多差别。两人心照不宣地温习着最初的时光，合力去还原那逝去的过往。尽管逝去，却仍旧鲜活，令他们内心小小喜悦。为了固守这份喜悦，他们不再见其他人，仿佛真正的游客。付远还是那么招人喜欢。在这点上，此地的岛民和其他地方的人并无两样。问路购物就餐，只稍说上两三句话，当地人就认定付远是体贴善良的孩子，急需他们一臂之力，才能好好享受岛上的假期。于是他们拉着付远，结结巴巴地用带口音的普通话说上好久。他们给建议、画路线，还讲起当地传说，最后还拿出水果点心之类的东西一定要他们收下。这就是付远，一副温顺明朗的样子，总给人可靠又恰好在此时需要帮助的印象。他看人的样子，会让被看的人觉得自己很特别。他好像天生就是为了被人帮助才来到这个世上。与其说是他需要帮助，不如说是那些帮助他的人需要给他帮助。

被疼爱的孩子。连父亲都不能例外。在付远出现之前,旖蒙从没见过父亲对谁有过那样的关照。那些关照并不逾矩。以父亲的精神洁癖,决不会允许学术造假。至多是课后讨论,借出一些宝贵的私人藏书,一起带着参加学术会议。父亲习惯了他的在场。如果从文稿中抬头,那一定是在找他。

父亲给了他更多的时间,也许还有其他。旖蒙并不那么想去细究这些事。过去是,现在也是。"父亲更希望付远是他的孩子,而不是她。"这念头不时如同高原上快速掠过的云影,在她心上掠过。但她学会低垂眼目,让那念头自行隐去。只要一点点忍耐就好。

父亲第一次胸痛发作昏厥时,是付远陪在身边,又是付远陪同父亲就医,陪着父亲做一系列繁琐痛苦的检查,又是他负责控制父亲日常饮食,定点提醒父亲吃冠心病药。而她一开始只是觉得好笑。父亲那么高瘦笔挺的身子很难让她联想到冠心病。高血压,高血糖,烟酒过度,全与他没有关系。也许只是累了。付远这么安慰,她就信了。那时候,连父亲在内的人都相信即使不能痊愈但至少病情尚在控制中。"最多就是不那么方便。"父亲淡淡地说。然而胸痛还是不时发作,冬天更为频繁。每次发作,父亲都大汗淋漓,即使后来开始出现抽搐症状,父亲仍旧是把这些当作年老体衰的自然征兆,残喘在世的代价,每次发病都是付远在照料。因为他恰好在父亲身边,因为——旖蒙无法面对那样的父亲。

向来儒雅的父亲突然间沦为一具汗淋淋抽搐扭曲的躯体,令她深深惊惧,大脑一片空白,整个人无法动弹。她无法抑制恐惧,也无须抑制她的惊恐与厌弃。那种情况,没有人会注意到她的神情。五分钟,十分钟,二十分钟过去,当疼痛过去,她尊敬和熟悉的那个父亲又会回来。

直到一年多过去,旖蒙终于渐渐习惯——习惯了她自己的惊恐。尽管惊恐并没有减弱一分,但她已可以从容面对了。当父亲发作时,付远会在。只要他在,事情就按照既定流程自然而然地进行下去。她就可以顺理成章地离开,等在某个角落。尽管那也只是她一个人的顺理成章,然而没有人责怪她。

她渐渐发现了她从出生起就拥有某种豁免权,被排除在某种人情世故的责备之外。因而,完全放任自己逃避照顾父亲的责任。

只有付远察觉到了连她自己都没有察觉到的裂缝。在旖蒙的行为和软弱意志之间看起来十分合理的因果关系中,存在着巨大的错位,而他也只是把这道裂缝视作弱者的愧疚。被这样对待的时候,旖蒙心里隐隐急躁起来,好像秋天深夜忽然听到蟋蟀的叫声,不切实地唤起对夏日的某种灼灼盼望。

然后那一天真的到了。父亲在课堂上晕倒，被送进手术室抢救。

最终诊断为左心室致密不全。

医生说左心室致密不全，导致左心室血栓形成，血栓随血液循环进入大脑，所以你父亲现在脑栓塞。我们尽力。现在还不能判定有没有永久性脑损伤，这要等他醒来再看。医生还说，为什么不做超声心动图，如果之前没有误诊，就不会到今天这一步。

几时能醒来？付远问。

我们尽力。醒来这事还要看他自己。我们不确保。医生说。你的意思是……付远追问。

可能会醒来。医生在遇到旃蒙的目光时岔开了视线。付远仍然记得那一幕。如果他是医生，他也会那么做的吧。比起灼灼逼人的目光，这种空无一物的目光才更令人觉得可怖。更可怕的是，当事者完全无意于此，也完全没有觉察到人们回避的态度。

教授中风昏迷住院，旃蒙的确变得更加依赖他。而另一方面，就像他发现的那道如同暗影般并没有实感的裂缝一样，他也发现旃蒙正在凝结成封闭的奇异形态，尽管尚未完全定形，但最终形态一定是超出他想象的古代怪物般的存在。对此，忙于学业和照顾教授，还有出自本能的戒备，付远照旧不加以理会。他被责任拖进琐事中，拖进一项项要打钩完成的计划表事项里。虽然雇了专业护士照顾教授，但除此之外还有许多工作要他料理照看。等他抬起头喘口气时，旃蒙已经成为像冬天街头影子一样淡薄的物体。"就算在身边，都觉得已经去了很远的地方。"某天付远偶遇旃蒙以前的同桌，那女孩沉默了一会儿，对着不远处喷泉荡漾明艳的水光，忽然这么抱怨道。付远不由怔住。在那时他才意识到和他一起时，旃蒙也是那样。旃蒙已经不在他身边了。他把手插进口袋，抑制住现在就给旃蒙打电话的冲动。如果这时开口，无论说什么一定愚不可及。

同一天晚上，医院给他打来电话，通知他教授情况忽然恶化，抢救无效，就在几分钟前过世了。医院还说，他们联络不到旃蒙。付远试着打旃蒙的手机，没人接，打家中座机也是。他直接去了旃蒙家，用教授给他的钥匙开了门。所有房间的灯都亮着，连书房的灯也是。然而，一个人都没有。

旃蒙已经不在了。这个事实明晃晃地紧接着教授的死讯落在付远眼前。

"原来亲子饭是那么朴实的食物？"旃蒙哭丧着脸，抱怨刚才在山上吃的午饭。

这种表演性质的懊恼总是会把付远逗笑。而旃蒙深知这点，在内心深处平静地等着付远温煦笑容的回应。

"以前没吃过吗？"

"可是从来不知道这就叫作亲子饭了，我一直以为有一大碗一小碗。"旖蒙比划着。

"那你吃到过小碗吧？"付远配合地问。

"没有，但我以为是被谁吃了。还很奇怪，为什么总是有人吃了我的小碗亲子饭。"说到这，她没忍住，别过脸去偷偷笑起来。

在旖蒙沉静的外表下面有着出人意料的稚嫩朴素的一面，临到沉重的时刻，她自觉地担当起逗人的角色，尽管十分笨拙。付远当初可能正是被这点吸引——这种孩子气的熨帖，他的小女朋友。

他们坐在这缓缓下行的观光缆车里，自然而然在山谷的静寂中沉默下来。旖蒙凝视着雾气中潮汐般连绵褪去的绿色山峰，刚才的笑容仿佛只是幻觉，从来没有出现过。

明天就是他们在岛上的最后一天。

晚上他们去了排骨，纯粹是因为离酒店近。爬山耗费体力过于巨大，旖蒙点了很多。然而到吃的时候，反而没什么胃口。她的那份炸鸡完全没动。付远看了她一眼，把炸鸡端到自己面前，正巧被经过的大姐看到。

"怎么，有什么问题吗？"大姐用下巴指指炸鸡。"没有，很好。"旖蒙说。

大姐盯着炸鸡不说话。

"我只是想起来我不爱吃炸鸡。"旃蒙解释。

"想起来?"大姐意味深长地看了一眼付远,转身招呼其他客人。

"她把账记到了我头上了。"付远笑着,往嘴里送了一块鸡块。

"不是吧。"旃蒙轻轻拨弄筷子。

也许大姐并没有说错。在付远身边的日子里,旃蒙渐渐恢复了原先对事物的好恶,无害的小癖好,改不掉的小毛病。她任由自己回到这些细节塑成的旧日自我中,仿佛完成了秘密的招魂术。这小小的招魂术如今因为一盘炸鸡而被点破。

"点错单了。多出来的你们吃吧。"大姐突然从旃蒙身后端出一盘色拉。

旃蒙被吓了一跳。"大姐,有客人叫你。"

"还有?"大姐站在原地,一边示意让招呼她的客人等一下。

"什么?"

"如果以前我问你为什么不吃炸鸡,你不会解释。"

"所以?"

大姐俯身贴近旃蒙的脸,端详了好一会儿,忽然直起身。"今天店里早打烊,一起喝几杯?"

"好啊。"付远爽快地答应下来。

"那好,你们先吃,吃好了就过来帮忙。"大姐点点头。

"我还在假期。"旖蒙徒劳地抗议。

已经不止一次,旖蒙惊讶于大姐准确到凶狠的直感。她总是随随便便就抓住深藏在事物之中的内核,花粉般细微到不可见的关联。她没有告诉大姐离岛的日期,但是大姐只靠着视线交汇那电光火石的瞬间,便知道他们要走了。

于是,才有晚上的酒局。一场心照不宣的告别。

门外传来熟悉的声音。轮胎摩擦砂石,刹车,车门打开,又关上。脚步声。旖蒙目不转睛地盯着帮厨那张朴实刚健的面孔。他正在抒发对回乡自己开店的憧憬。乌黑的眼珠冒着光。黝黑的脸庞隐隐泛出红晕。旖蒙以同样的热情回应帮厨,完全被他的话所吸引。

门开了,风从洞开的门灌进来。旖蒙打了好几个冷战,心痉挛似的收缩成一团。尽管门很快合上,但从背后吹来的风似乎已经将早春大海的寒意永远注入到她的体内。她绷紧身体保持着刚才的姿势,仰着闪耀希冀光芒的脸,望着说话人,仿佛那是她在这世上唯一关心的事。

背后传来和个头完全不符的脚步声。他总是习惯脚跟先落地。

丁未来了。

旖蒙能感觉到大姐的目光在她身上停下，又移开。她一动不动，一动也不能动，似乎被固定在别人的憧憬里。

"再加点？"付远望着她。他现在就坐在她身边，好像多年前他们第一次并肩坐在一起，脚下是绸缎一样的江水。

旖蒙点点头。身体一旦重新能动，便忽然松懈下来。她倚靠在付远身上。付远揽住她，腾出左手倒了一杯杜威。

有人起身，给丁未腾出位置。等所有人重新坐定，帮厨掏出手机给大家看女友的照片。有人说了句什么，所有人哄笑，旖蒙跟着笑，付远也笑，他笑的时候身体轻微震颤连带着旖蒙的身体。他们在以一个频率为别人的幸福而喜悦。付远的体温和气息透过衣服传递到她身上，令她觉得格外眷恋。她的皮肤渐渐回暖，刚才被风激起的鸡皮疙瘩正在慢慢消退。

"来，干杯。"忽然大姐高高举了啤酒杯。杯里几乎满溢出来的深棕色液体闪烁着紧张的光芒。

所有人起身去碰杯。

旖蒙被扶起来。她抬头看着在灯光下熠熠生辉的啤酒杯。

众人的胳膊如同祭祀时被架起的柴薪，伸得笔直，在遥不可及的空中交汇。仿佛是经过预谋的，所有人把杯子都举到高处，笑嘻嘻地为难着旖蒙。旖蒙不得不踮起脚尖，伸长胳膊去够。

终于听到清脆的碰杯声，手上湿乎乎的，可能是酒洒到手上，斾蒙没有理会，径自蒙头喝下一大口。

"我们还没说祝酒词呢？"主厨坏笑。

斾蒙看着大姐，生怕她说出他们要走的事实。尽管可能其他人早已经猜到，但是斾蒙不想有人把这话说出来，仿佛离岛的事实一旦变成言语变成声音就会破碎。还有祝酒词。此时，升腾起的祝酒词一定会腐蚀掉什么。如果可以，她想就像来的时候那样，安静地走。

但是，他们不会让她如愿的。

"嗯？"斾蒙突然发现所有人都望着她。"你不说点什么吗？"大姐问。"啊？"斾蒙笑，"我喝多了。"

"愿排骨人永远快乐。"付远喊出祝酒词，不由分说碰了所有人的杯子。

"排骨人是什么鬼？"大家笑着喝完这一轮，坐回各自的位子。主厨摸了摸帮厨毛衣下面凸出的肚子，说："你好像不能算作排骨人了。"帮厨推开他的手，两人开始互相挤对对方。

也许是天气转暖的关系，也许是大姐在，在这个晚上大家显得格外活跃，甚至比大姐回来的那天还活跃。斾蒙置身其中，甘心情愿做个认真观众，为他们喝彩。与此同时，还有另一个自己在屏息凝望着——众人说笑声在心底幽深处激起的一阵阵涟漪。说笑声越吵闹，幽暗处越沉静。涟漪随之生出寂寂光辉。

桌子下，付远忽然紧紧握住她的手。旆蒙朝他望去。看到他比平时更苍白的面颊，知道他也喝多了。即便如此，那仍是一张完美的面孔。温和平静，不动声色。

付远正在和人说话，觉察到旆蒙的目光，脸微微一侧，眼睛瞟向她。就在目光交汇的那一瞬间，旆蒙几乎相信了，相信付远试图让她相信的所有假象。

那幽暗沉静的角落也在那瞬间顷刻崩塌。

旆蒙站起身，松松垮垮地笑着，往洗手间去。

本来想从洗手间绕过，出门吹吹风，但走了几步，心思晃动。在她身后，人声和光亮已经渐渐褪去，没有必要再走到更远。她站在洗手间外的洗手池前，打开笼头准备洗手，却又半途而废关了龙头，身体往墙上一靠瘫软下来。她坐到了地上，感到一阵舒心，整个人彻头彻尾散开。

她不知道是先听见脚步声，还是先看到那两条腿。头太沉，耷拉着不想抬起。况且她知道这是谁。背脊再次感到被风侵袭的寒意，但她已经无动于衷。

"又喝多了啊？"丁未问。他在旆蒙面前蹲下，抬起她的下巴，饶有趣味地打量。

旆蒙伸手去推他，被轻易避开。她再推，再次扑空。

但是抬起她下巴的手一直没收回。她的头就这样被人抬着。旆蒙生气了，努力睁开眼睛，恶狠狠瞪丁未。丁未笑了。他呼出的气息是柠檬味的。

"你又没喝酒吗?"旖蒙问。"我喝柠檬汁。"

"太狡猾了。"

丁末收起笑容,凝视着醺醺然的旖蒙。"走。"他仿佛是在命令自己,说着,把旖蒙抱了起来。

"太高了,我晕。"旖蒙叫道。

丁末没有理会,但也没有举步,只是抱着她这么站着,像那些突然间被某个想法击中的人那样,身形凝固。

"丁末!"旖蒙叫他。她已经很久没叫过他了。"这不算什么?"他说。

"什么不算什么?"

"丢下病人这种事不算什么。"

那声音仿若从地府传来,森冷深郁。旖蒙惊骇得说不出话。

"哪怕那个人是亲生父亲?"她用了很久让这句话成形。

"一样的。"他低下头,冲旖蒙笑了笑,"这种事情每天都发生的。"

"丁末。"

丁末脸上漾开从未有过的笑容,即使在餐厅昏暗的灯下,也闪烁着山地泉水般清冽的光芒。这笑容令人胆寒。它不仅不属于丁末,也不属于这世界,正急欲脱离附着的肉体,回到理解它的出处去。

旖蒙拼命挣扎要从他怀里下来。丁末不再坚持,把她放下。旆蒙甩手挣开他的手臂，重心不稳连退几步，后脑勺重重撞到墙壁。咚的一声，发出闷闷的巨响。

"怎么了？没事吧，自己能站起来吧？"窗户打开，大姐探身朝这边看。

"摔倒了。"旆蒙说。

"啊，摔倒了。"大姐点点头，又回到饭桌。

"在这里，如果你不想做什么事，就可以不做。"丁未说，"你知道的。"

"我知道的。你们把我送到他跟前，真的可以不做什么，可你们为什么要把我送到他跟前——就像那只疯海豚，喂它吃药，让它在海洋馆快乐地表演。我看上去很想海豚吗？"旆蒙逐字逐句缓慢生涩地说着，像是在读课本上的生词般。

"你父亲逝世了。"

"那又怎样？"旆蒙挺直身体。那一刻她忽然获得了某种超越自身的力量。那力量促使她把下面的话清清楚楚地说给另一个人听："你有没有想过，我可能一直就恨着他呢。丢下他就是因为我恨他，恨他恨得要死。"

丁未纹丝不动地站在黑暗里，那是旆蒙的目光无法穿透的黑暗。然而旆蒙并不执意于要探究他脸上的表情。在说完那些话之后，她只是感到渴，溺海者般的渴。

旆蒙舔了舔嘴唇，摇晃着身体，从丁未变成的盐柱旁经过，回到屋里，重新端起自己的杯子。桌下，付远的手再次轻轻覆在了她的左手上。

后面的事，渐渐失去固有的形状而缓缓解体。她记得最清晰的是无意向窗外的一瞥。明晃晃的月光，在浓郁的夜色里像池塘水一样荡漾着。有个影子立在光里，仿佛要用自己去测量月色的深浅。再之后，有谁出去吐了，闯进月光里。再后来，有人回来了，大家重新起身，匀出位置。大姐心血来潮地突然要旆蒙给她讲个故事。旆蒙正枕着付远的手臂，眼皮和脑袋都沉得抬不起来。

她哼了一下，几乎是在求饶。

但是大姐坚持要听。一个新故事。旆蒙搜索着，在黏糊糊的记忆里勉强翻找。

丁未不知道什么时候进来的，他说旆蒙太醉了，没法讲故事。

大姐不信，要和他打赌。丁未问赌什么？

大姐说，如果小骗子今天能说出一个完整的故事……旆蒙打断大姐的话，问她怎么就成了小骗子。

大姐不理她。她说如果小骗子能讲出一个完整的故事，丁未就把胸口那道伤疤给大家看。丁未说，大姐你醉了。

没人站在他这边。所有人都起哄赞成大姐的赌局。所有人都醉了，他们甚至忘了定下一个完整的赌约，如果旆蒙不能说出完整故事又会怎样。他们根本不关心旆蒙的故事，连艄蒙自己都是。

但她还是找到了一个。一个岛上小男孩和死亡医生的故事。艄蒙开了个头，她说从前岛上有个小男孩，他和他母亲住在一起。母亲大部分时间在床上，或者和一个叔叔在一起。叔叔有一天从书店偷了一本漫画给他，小男孩就这样遇到了死亡医生。

说到这，艄蒙停下来。她站起身，摸衬衫口袋和裤子口袋，又弯腰在地上看了一圈。

怎么了？付远问。还好吧。其他人问。

艄蒙告诉他们，她找不到故事的下一句了。

燃烧弹一样的笑声在她眼前炸开，艄蒙真的睁不开眼了，她把头靠在付远的肩上。

大姐在说什么，然后是丁未。

艄蒙心想她已经不在意丁未胸口那个什么伤疤了。大姐又在说什么。

四下突然安静了。

大姐的声音浮出水面。她似乎在对付远说话。

付远回应着。

大姐没有马上出声。她沉默了一会儿，在其他人沉默之上的沉默。

"你应该早就知道她在这岛上吧。按你说的，你是靠手机信号知道她在这的，可你为什么要等到一年后才来这里找她?"真清爽的声音,旃蒙发出满足的叹息,又在昏昏沉沉的醉意里深深地吸了口气,感叹这清凉的甘美。她只是听到了声音,却并不理解它的意思。她实在太需要好好睡一会儿了。这么想着,她松开手任自己沉入深深的无意识之海。

9、英雄、怪物、死亡医生

她又回到了渡轮上,穿着几乎和来时差不多的衣服,一样没有任何行李。

"看了一路了吧。"付远打了个哈欠。

旃蒙注意到他眼睛下面淡淡的青色眼圈,还有下巴处冒出的胡子茬。即使是付远,在彻夜痛饮后也显得有些狼狈。他居然陪他们一直喝到天亮。此刻的清醒全依靠临出发前那场冷水浴来勉强维系。这一点不像付远会做的事。

"在学校,即便是再重要的考试,都没见你通宵熬夜。"

"啊。"付远应着,"接下来可能就不会那么轻松了。"

旃蒙等着。她知道他有话要说。

"我换到法律史方向,导师下半年出国交换,我会跟他一起去。到时候——"他拖长的语调让声音好像喷气式飞机留下的人工云朵,停留空中。"少不了熬夜吧。"

"嗯。"她用同样的音调加入他长长的尾音。"你熬夜后的脸根本没法看。"

"什么啊?"他们一起笑了。一片片零落,不必再破碎。"昨天喝了多少?"旖蒙问。

"后来就没喝了。听他们说话。"付远安慰道。

"完全没有听到你们说话。昨天睡得真香。"旖蒙这么说着,哈欠却不争气地跑出来。

付远笑了。她后半夜都在沙发上蜷缩着,怎么可能睡得好。"真的睡得很好。你不知道我现在有多习惯睡沙发。"旖蒙想起了另一张沙发,在混凝土和混凝土般静默的包围下。"还有半小时才到,去眯一会儿吧。"付远说。

旖蒙摇摇头,望向窗外的大海。

她洞悉自己的不在场。她早已远离付远小心翼翼要将她驱逐出去的地方。此刻发生的,在她这里早已经发生,像梦游者熟悉脚下路径,她也早已无数次经过付远想要推开她摆脱她的努力,甚至多少为那份谨慎克制而感动。旖蒙专注投入,小心翼翼剥离多余的组织,外科手术般精良。

"海好看吗?"付远问。

"和来时的不一样。"

"来时的什么样?"

旖蒙掉转头:"你还记得你来时的大海吗?"

平城中心区域原来这么小，都可以用脚步来计算。旃蒙这么想着，但立刻意识到这是胡说八道。她怎么也是花了两个多小时走了个来回。也许工作日的关系，街上没有什么人。只有街心公园坐着一两个头发花白的老人。经过学校的时候，从铁丝网后面传来操场上的哨声和孩子们的叫声。乌鸦在明媚的天空飞过，丢下一连串的爆破音般的叫声。洞开的商店门口偶尔会跳出一只猫，眨眼又消失。无论银行还是超市都沉静得有了仪式感。茶色玻璃里面的世界似乎早已经睡着。十字路口的地下通道更是古迹一般，安置在其中的城市雕塑让人忍不住想要摸索一番，说不定能找到机关按钮打开奇异世界的大门。

和主干道并行的商业街也没有热闹到哪里，不少特产店也没开门。烧烤店才刚刚开始准备。帮工和厨师站在门口闲聊或者发呆。经过广场时，旃蒙看了看迷你方尖石碑上的时钟，柔软金色的阳光洒在钟玻璃上，有些反光，但还是能看见：11点25分。

他们乘坐早晨的快船到了平城，夹在唯恐迟到的步履匆匆的上班族中间，几百人蜂拥下船。又在旁边的小超市买了咖啡，坐进码头休息室里啜饮。他们不着急。付远说他们是晚上的飞机。

"对了，昨天我说的那个死亡医生的故事，没讲完。你听吗？我现在讲？"旃蒙问。

"好。你也可以在飞机上和我说。"

"你坐飞机还是睡不着?"旖蒙问。

付远正想回答,看见旖蒙眼尾黏着的眼屎。"别动。"他说着,用食指给她擦掉。

"啊。"旖蒙轻声叫起来。她想起自己醒后就出门,忘了梳洗。

"你要不要去洗手间收拾一下?"付远问。

她想了想,说好,走到半道却又折回来,望着付远。"怎么?"付远问。

"你真的不想听我讲死亡医生的故事吗?"旖蒙问。

美术馆今天关门。旖蒙又回到了海边。观光指示牌上标着西北两公里有一处通体红色的灯塔。她朝那个方向遥望,看到疑似灯塔的建筑从两层楼高的仓库后露出半截。不如去看一下,就算不是也不会有什么损失。旖蒙打定主意。

"你在看什么?"

"地图上说那边海角有个红色灯塔。我想去看看。"旖蒙的嘴唇轻颤。

因为太过自然,以至于她忘了自己已经不在岛上的事实。

因为太过随便,就好像他们从来没有分开。他理应在这个时候站在她身后。

旖蒙转过身。

"他人呢?"丁未左右张望,寻找付远的身影。"去买东西了。"旃蒙顿了一下,"特产。"

"特产?"丁未走到栏杆边上,面朝灯塔方向,"看灯塔是吧?然后呢?"

"我们约了在广场见。"

"现在没事是吧?"

"看灯塔。"

"走。"他说着,走到前面。

即使到了平城,也是这个人在领路。旃蒙一阵恍惚,不自觉地跟在了丁未的后面。

然而他们并没有去灯塔。明明知道灯塔是在相反方向,旃蒙还是跟着丁未一直走到那。海边的摩天轮。

屹立在港口饮食街尽头的摩天轮,即使在这样一个没有风的明媚春日里,也是一副让旃蒙觉得岌岌可危随时会倒下的样子。她眯起眼睛,仰着脖子在那里看了很久,不确定是不是真的要上去。

"可以看到海。"丁未说。

旃蒙轻轻哼了一声。她从来都不是热衷游乐场的女孩,如果仔细回想,父亲一次都没有带她去过。付远也没有。她身边的人和她,对这样形式花哨的玩乐方式普遍没有兴趣。如果恰好这种方式还俨然成为都市爱情的充满仪式感的标配,那就更不可能出现在他们的生活里。

付远爱过最夸张的事物，应该就是她了。

"我以为女孩子都喜欢坐摩天轮。"丁未说。

颒蒙低下头，揉了揉酸胀的脖子。她想告诉丁未，刚才那样轻浮的话，并不适合他。

这不该是他的台词。

这里也不应该是他们该来的地方。

"上去吧，反正也没什么地方可去。"丁未笑着，脸色惨白。

他们上了摩天轮，不用排队。除了他们两个外没有其他乘客。颒蒙不敢相信摩天轮真的就为他们两个开动起来。身穿红色制服的工作人员为他们打开座舱门，颒蒙先跳下去，丁未跟在后面。他上来的时候，座舱一震，猛烈摇晃。

再一次，丁未的身体给予颒蒙明确的实感。这方式意外又古怪。颒蒙笑了。

他太瘦了，也许还有别的什么原因，令她常常忘了他也有血肉之躯。

"我还挺沉。"丁未喘着气跌坐进椅子里。

即使坐在对面也能听到他带着嘶嘶杂音的呼吸。摩天轮缓缓启动了，马达的声音盖过了那声音。

颒蒙胸口发闷，仿佛感到呼吸困难的是她。"怎么找到我的？"她问。

"我运气不错。"他淡淡笑着,"快看那。"

旃蒙顺着他指的方向望去。在他们面前的是宽阔的青色海域。摩天轮结束预热,加快转动速度。瞬间,他们面前的海与地平线陡然下沉,下沉到脚下,下沉到视野之外的深渊。

旃蒙受到震动。她没有想到在海边的摩天轮上会看到这样壮观的景色。

"我运气也不错。"她说。

丁未点点头,呼吸仍然急促。"你不会是真的跑过来的吧?"

"不,我是从岛上游过来的。"

旃蒙没有追问。不重要了。她把视线转向窗外青色的大海,从缓缓上升的座舱里俯瞰,西北角上,那片拥有晶体般几何形状的绿色阴影,就是橘岛。

思绪烟雾般游离逸散开。

座舱又一震,停在半空。旃蒙紧抓栏杆,转脸看向丁未。丁未望着她。那双眼睛似乎从一开始起就在这里等候着,等候着她投来的目光。沉静平和,没有杂质,用它特有的方式安抚着旃蒙。

他们到了最高处。

旃蒙不知道哪个更可怕,是被他识破,还是昨晚对他说的那些话。那时候她以为再也不会见到他。

座舱开始缓缓下落。刚才远去的景物，一点点逼近，迎面而来。

一圈结束后，接着又开始一圈，往复循环中，重复的景物拥有了难以想象的魔力。不仅仅是窗外那片海景，是他们置身其中的这整整一片在循环中流动变换的风景，是将他们、将座舱中封闭的温柔静默，将难以言喻的并正在逝去且永不复返的此时此刻一起温柔地包裹进这一模一样确定无疑不会变更的风景。

直到光影偏移。西边的云霞开始射出金色耀眼的光芒。

"几点了？"旒蒙声音沙哑，恍若从梦中醒来。

"快四点了吧。"

"你买了几张票？"旒蒙吓了一跳。

丁未掏出厚厚一摞票根。"可以坐到晚上，海边夜景很美。"

"我晚上的飞机。"旒蒙坐直身体，盯着对面的椅子腿。"我和他约好五点广场见的。我得走了。"

"再坐一圈。"

"我得走了。"旒蒙犹豫片刻，"我真的得走了。"

座舱回到地面，旒蒙站起来示意要下，工作人员老练世故，动作敏捷地打开舱门，脸上没有多余表情。在座舱要往上升的瞬间，旒蒙快步跳下，向前缓冲走了几步，听到身后动静，回头看，丁未也下来了。

169

他们一起回到了地面，在摩天轮上转了数小时之后，重新成为这钢铁巨轮下两个微不足道的小小身影。

旆蒙回头看了一眼这怪物。和上下山的索道全然不同，摩天轮不通向任何他处。她和丁未又回到了原点。

丁未坚持把旆蒙送到了广场，又非要陪她等付远来。他们站在十字路口，相对无语，默默看四面八方走过的人群。这样过了快一个小时。丁未不知道溜到哪去了，回来时，手上多了一杯彩虹色冰淇淋。

他把冰淇淋递到旆蒙面前。旆蒙没接。"回去吧，不用陪我。"旆蒙说。

丁未在旁边找了椅子坐下，打开盖子，用勺舀了一大口送进嘴里，大声发出满足的叹息。只差闭眼说出广告词一般的漂亮话了。

"你知道他不会来的，对吧。"旆蒙说。

"他把你约到这，但是他不会出现。"丁未漫不经心地接过话。

"不是。"旆蒙咽了一口口水，在话语触及事实的那个刹那，脑袋里什么东西好像被炸开，炫目到疼痛。静寂无声的强烈闪光。"我跟他说要去梳洗一下，顺便给他买点吃的。"然后她就再没回去。听上去像二十世纪七十年代电影里的弃子情节，旆蒙心想。

丁未看了她一眼，身子往一边挪了挪，给她让出位置。旖蒙坐了下来。直到此刻，她才真的觉得以后再也见不到付远了。没有付远的未来凝固成形，从此无法撼动。她的两腿打战。

丁未慢吞吞往嘴里送冰淇淋，就像他第一次带旖蒙去大姐店里那样，一副了然于心的样子。"昨天晚上，大姐问他既然早知道你在岛上为什么不立刻找来。"丁未说完，点点头，觉得话已经说明白了，已经足以解释他为什么料到事情会是现在这样。

"所以大姐知道？"

"不，她只是觉得奇怪。她以为那个人是来带你回去的。"

"他是来带我回去的，给我时间重新适应，然后……"旖蒙淡淡说着，好像在说别人的事。付远有了新的导师，即将出国留学，以后也未必回来。他来这里的确要把她带回家，安顿好，妥善了结之前所有的人与事，才能重新开始，奔他的前程。那并没有错。可以说已经很善良温柔。他本来都不必这么做。

丁未默默听着，既然旖蒙已洞穿付远的意图，细节如何其实已经不再重要。然而他还是默默听着，让旖蒙把这些话变成声音，在黄昏软金色的空气里洇开。此时的旖蒙需要的正是这样无意义的诉说。也是在她说话的声调里，丁未证实了她其实比所有人都更早明白付远的意图。他来，是为了更好地离开她。而她温柔地迎上去,迎上她被他抛弃的命运。

忽然,旆蒙沉默下来。"怎么了?"丁未问,"给。"

"和你说这些很奇怪。"这一次,她接过丁未递过的冰淇淋。虽然上面那层已经化了。

"嗯,乱七八糟的。那个故事,后来怎么样了?"

旆蒙愣了一下,随即明白他说的是死亡医生的故事。

"很无聊的故事,一个小男孩和吸毒单亲母亲的故事。大概作者也知道无聊,所以让男孩书里的英雄和怪物还有死亡医生都跑进男孩的生活里。"

丁未嘴角浮出一抹阴影般窃笑。

"还是游戏里的剧情更像样吧?"旆蒙承认。"后来呢?"

"警察来了,一切都结束了。怪物在书里死了。英雄被美人背叛了。然后那个死亡医生……"旆蒙突然明白为什么这两天脑子一直在围着这个故事转了。她真正想说的,其实是下面那句话:"在故事的最后,小男孩向死亡医生询问所有人的结局。他说:'你会死去,对不对?你会在火里烧死,船长会离开海岛,留下女人。'死亡船长笑了笑,他回答:'不过如果你把书再从头读起,我们又都回来了,包括怪物们。'"

她一口气把故事讲完了,合上嘴,像贝母合上了贝壳,将世界完全关闭在外。她为什么要讲这个故事?如果她的故事，或者说是命运，像一本书的话，她愿意将它从头读起吗？如果一切都还会回来，回来然后再失去——为了那些回来的时光，她是否愿意再失去？

旖蒙听到这些问题在身体深处发出生锈铰链般的声音，咯吱咯吱咯吱。

"回去吗？"丁末拿走她手上注定永远吃不完的冰淇淋。

旖蒙没有说话，掉过头望着丁末。她的脸平静得可怖，平静地拒绝着重新回到过去任何一处的要求。

丁末在她面前蹲下。"所有的事明天再说。今晚先住在这，我来安排。"

"为什么？"

"因为你是我从海边捡回来的。"

"这种事稀松平常，不是每天都在发生吗？"

丁末在海边的青年旅馆订了"房间"。到了那旖蒙才知道原来他们分别住男女宿舍床位。她有些意外，但什么也没说，在旁边安静等着丁末把手续办好。丁末多少费了点口舌，因为她没有证件的关系。不是所有地方都像橘岛那样随随便便就接受一个没有证件的人。

"要是没给你买冰淇淋，说不定口袋里的钱就够住标准间了。"服务生去复印证件的时候，丁末来了这么一句。

旖蒙喉咙发紧："难道你没带钱包就跑出来了？"

丁未可能没听到。服务生从里屋出来，还给他证件，简单交代基本事项。丁未认真应付着，走完这一套流程。"你可以吧？"他回过头问旖蒙。旖蒙说可以。她并不是不能和陌生人相处。

像她这样不具备意志力的人，无论被放置到哪里，总能快速适应她所置身其中的模具，成为人们想要的形状。她知道丁未未必会明白。因为他从未对她有过期待，从未想过改变她。他是旖蒙遇到的最无意改变他人的人。

他真的不知道，只要人们稍稍显露一点意愿，她就会自然而然顺遂他们的心意成为他们想要的人。

简单梳洗后，旖蒙趿着拖鞋进了休息室。正是逛夜市的时候，休息室只有一个人，一边看电视，一边吃冰淇淋。是丁未。

旖蒙并不吃惊。虽然没有约定，但她来的时候就知道丁未会在这。

"今天第几个了？"她坐到对面。

"第三个。"丁未目不转睛地盯着电视里的卡通小猪。

也许是角度关系，她觉得他比刚才又瘦了。皮肤泛出不自然的青色光泽。旖蒙深陷进椅子里，身体从里到外松懈下来。与丁未不同，此时此刻她的每寸皮肤，无论是否裸露在外，都舒张着毛孔，显现出可耻的红润。

"回房间睡。现在是淡季。没什么客人，不会很吵。"丁未瞅了她一眼。

旖蒙不想动弹，如果可以，她希望身体所有的机能就此缓缓停下。她从触手可及的书架上抽出一本漫画，随手翻开。一开始还试图看点什么，但很快就沦为机械翻书。她已经回不到正常的阅读方式。在岛上和丁未待在一起的冬天，他们几乎是在用集体屠戮的方式消耗着一切触手可及的文字，无情地咀嚼又吐出所有看到的内容，以此获得某种平静。那的确是切实可行的策略，带领着她安全度过幽冥之日。一旦心思意念远离此时此地，此时仍滞留在此地的肉身，便因此获得了片刻松动。

这技艺她其实早已习得。在寄居光屋之前，在天昏地暗囫囵吞书之前，她就已经学会这样的脱身术。是在付远身边。她学会了如何拥抱不相干的世界，生活在别人的生活里，如何不成为她自己。

旖蒙身体骤缩起来，出其不意地感到一阵被撕裂的疼痛。不知道是哪里，只是觉得疼。因为疼痛太过剧烈，以至于完全丧失了思考它的意志。她抓紧桌腿，不让自己喊出来。

"吃饭去吧。"丁未突然站起来，关掉电视。旖蒙扬起脸。"不是没钱吗？"

"你身上应该有带钱。"

旃蒙想起她的确还从没有请丁未吃过饭。他们之间从一开始就确定了单方面供给的关系，即使在旃蒙有收入之后仍然如此。对于经济独立，或者平等关系，他们并不以为然，因为并不存在所谓的回馈机制。有机会能请丁未吃一次饭，旃蒙意外地高兴。

他们选了港湾昂贵的酒吧餐厅，挑了一个有海景的露台位置。旃蒙点了牛排套餐，给丁未叫了龙虾套餐，又单点了甜品。最后，挑了一瓶香槟。

丁未默默地坐在对面。取暖火炉的光焰在他脸上跳动，一明一暗。

"我其实一直觉得香槟这东西很难喝。"等侍者一转身，旃蒙就小声吐槽，浑然不理会自己言行不一。倒是点菜时的兴高采烈在抱怨时仍旧延续下来。也许是被美食激发，她的眼睛透射出前所未有的明亮光焰，像一头处于亢奋状态的小动物。

丁未抿了一口水，慢腾腾地咽下。"啊。"他这么回应道，"一下子觉得好饿，今天原来一点东西都还没吃。"

"你吃了冰淇淋。"

"只吃了一点。"

丁未扭头向两边张望，发现坐在外面的只有他们一桌。毕竟还是早春，即使有暖炉，太阳一落，室外还是无法久坐。"进去吧。"他说。

"在外面看海更好。今天的海的颜色真特别。"

"看着特别冷。"丁未郁郁说道。

客人不多,侍者很快回来,把冰桶放在桌上,背脊挺直,僵硬得身体前侧,将垫着亚麻餐布的香槟送到他们面前,向他们展示金色标签,一本正经地等待确认后,在他们面前打开。

砰的一声,瓶盖掀开,白色泡沫闪耀着昂贵物品特有的光泽喷涌四溅。丁未和旆蒙四目相对,强行压住几乎同样要喷涌而出的笑意。对于餐桌上的这种煞有其事,他们早已经适应不过来。岛上那样无拘无束伸展身心的日子过久了,回到需要礼仪的地方就变得非常辛苦。

侍者极具职业素养,面无表情地开始为他们斟酒。

旆蒙刚要告诉侍者丁未不喝酒,丁未却示意侍者倒酒。"你不能喝酒吧?"她说。

"今天喝一点。不会有事的。"

不会有事的。旆蒙举杯,向面前不省人事的丁未致敬。就算只勉强喝下几口,之后再也没有碰,他还是醉了。轰然倒下,趴在桌上。幸亏前菜的盆子刚刚被撤走。他这么沉沉地合上眼,不知道算是睡着了,还是醉倒了。

这个样子的丁未旆蒙还是第一次见到。

眼皮沉沉合上,鼻翼雕塑般静止。他趴在那,亡者一般,体内所有的活动都停止了,不再制造传导电、热、养分、血液。生命似乎从这具身体里悄然撤出,并且已经撤出许多年了。在旖蒙面前,她所凝视着的,是一堆远古时期就存在的巨大骨架,而这骨架也正以她凝视它的目光凝视着旖蒙。

这一切,不言而喻。

风更大了。它等到了它的夜晚。于是调转方向,扑向海。树枝,店门口的宣传旗帜,广告牌,衣衫都在往一个方向倒去。行人的脸被风吹得面目歪斜。

从陆地吹来的强风,不容分说,裹挟着一切软弱的渺小的事物,直奔大海而去。海喧嚣着,为将要投身于它的祭物而欢呼,深色的浮游无数城市灯光碎片的波浪翻腾,无穷无尽的浪涛声从海的深处传来,发出阴郁有力的召唤。

早在一年多前就发出的呼唤。

风真大。旖蒙站起身,脚一下踩空,扶住椅子才没有摔倒。她几乎睁不开眼,有一双巨大的手推着她的背脊一步步向前。脸是木的。没有什么感觉,也没有什么思想。她似乎忘了要去做什么事,但似乎又正在做这件很重要的事。

风真大,不容抗拒,也不需要抗拒。旖蒙挪着步子,像踩在风里,前所未有的轻盈和从容。呼啸在耳边的风声不知道什么时候变得轻柔了,她的身体开始感到沉重。不再是令人迟钝昏沉的寒冷,寒冷变得刺骨,沁入骨髓,并且紧紧贴在皮肤上，就像一层衣服。

她的衣服都湿透了。是的，她已经在海里了。海包容着她，引导着她。

再向前一步，再向前一步，我就可以完全接纳你，接纳你这个已经无处可去的罪人。

罪就是蓄意谋杀。

但我可以包容你。海说。

现在，她几乎觉得这一切无比美丽了。海水承载着她的身体，痛苦也清晰地从心底浮现。这痛苦和羞耻终于坦然显现在她面前，因此反倒具备了澄澈无比的形态，像冰冷的夜色，像冰冷的夜空里凛冽的星光。对父亲，对付远，对所有人都无法言语的羞耻和痛苦就这样豁然显现了，以纯粹晶体的形式。

她听到了呜咽声，来自她体内漆黑深渊的哭声。此时此刻她创造了另一个可以坦率哭泣和爱的自我，一个有勇气直面自己罪行的自我，一个将和原本的自我同时毁灭的自我。

不是悲哀，也不是释然。在她即将结束生命之时，这片海赠予她的，是毫不掩饰的纯粹的生之痛苦。她张开口，以为自己会号啕大哭，然后从那张嘴里迸发的是如同野兽般的嚎叫。

海水呛到口中，又一个浪打来，脚尖漂浮起来。还差一个浪。一道可怕的力量缠住她的身体,像是来自海底的藤蔓。她没有挣扎,却被那力量勒得晕头转向。没过多久当她重新睁开眼时,她发现自己并没有如预期得那样被海浪卷走,而是被拖上了海滩。她清醒过来,想要反抗,然而那臂弯过于有力。来自陆地的意志将她重新带回了陆地。

丁未一把把她往岸上推,突然双膝一软,跪坐在海水里,大口喘气,任潮水冲刷双腿。

旖蒙怔怔地待在原地,保持着最初的姿势,浑身战栗了好一会儿才醒过神,跌跌撞撞去扶他,被他一把推倒在刚才倒下的地方。她爬起来,对着面前这个精疲力竭的男人。他困兽般垂着脑袋,身体剧烈起伏。

旖蒙扑上去,不顾一切要把他带到干燥的地方。丁未举手要推开,然而之前好不容易积蓄的力气已被耗尽。他的手软绵绵地落在旖蒙身上。丁未抬起头,瞪着旖蒙。两个人就这样浑身湿透,面面相觑,说不出一个字。

旖蒙伸手拉他的胳膊。丁未用尽所有力气瞪着旖蒙,猛然现出怒容。那是一张愤怒到极点的面孔,仿佛地狱之火从里向外熊熊燃烧,向黑暗投射出骇人的光芒。

旖蒙放开手。光芒湮灭。只剩下一张悲哀的面孔。刚才那张脸有多愤怒,这张脸就有多悲哀。他们都曾深藏在丁未深海般的内心。

"如果你真的想做什么就去做,我不会拦住你。你做什么我都不会拦。我是替你拦住你自己。"浑沉的声音从丁未的口中进出。

斾蒙不明白他在说什么,他被海水湿透的脸庞像一轮月亮般明亮。可是她太冷了。她一直在打寒战。心跳得太快了。好难受。循着微弱的热气,她不由自主地靠拢过去。此刻,她需要一点温度,让心脏跳得慢些,让血液流动起来。她需要这点温度,哪怕对方也在发抖。她需要这个吻。

而恰好,对方也需要。

她找到了丁未的嘴唇,奇妙的质地,那么不真实又熟悉。她用嘴唇寻找他的上唇、下唇。这就是丁未的肉体。她又品尝了一番,有着海水的味道,还有别的味道,难以形容。像苔藓,青涩,冰凉。这味道让她平静。她甚至不觉得寒冷。她开始进一步试探与索求。他的牙齿,他的上颚,他的舌尖,也平静地敞开接受着他的探索。

他们不再寒冷。和情欲无关。

丁未和斾蒙分开身体,互相注视着对方的眼睛。亿万光年外的星辰落在他们眼底。答案就在那里。他们用目光互相证实了这一点。

在这个吻之后,今晚,一切都已清楚无误地显现。

他们彼此深知对方是同类。人不能爱上他的同类,就像爱上你的孪生兄弟。深渊爱上深渊。过于浩大的悲哀,或者说是光。

Ⅵ 付远的话

付远：

你还记得来时的大海吗？旖蒙问我。

但那并不是同一片大海——我没有原路返回，而是绕路经过平城，从那坐火车回家。我想看看他们常提起的平城，不起眼的海边小城，对他们来说无疑是岛的外延，对我来说则是平淡无奇的延伸。从平城回到家，已经夜里。踏进家门的时候时钟停在11点与12点之间。家里老式座钟一向很准。母亲已经睡下。我轻轻放下包，整理物品，洗漱完毕坐到床上，抬起头，与座钟蜡黄色的面孔面面相觑。三根黑色指针眼看就要叠在12点的位置，目光陪伴秒针颤巍巍走过半圈。整点报时钟声和手机日历的提示音一同响起。房间的空气里，两种不同频的振动从各自源头扩散叠加相互干扰。我置身其中。

涟漪和涟漪。旖蒙会说。

再见，我和脑海里旖蒙的声音道别，也和全部过往说。等到两边声音散去，告别正式结束。任何人心里，都会有点多余的东西。告别就是清扫。

房间清净下来。游泳池一样明澈。没有一片海能有这样的颜色。

光的屋（下）

Ⅶ 煌的话

煌：

　　他没有跟我说起过那个吻，咆哮大海里的长吻。

　　但是我知道。

　　在我重回到橘岛后，我从他的嘴唇读到了那个吻。在我们重逢后的日日夜夜里，在我们一次次的热吻里，我读到了他和另一个女人的吻。他的唇他的舌他的黏膜他的气息他的回应，残留着他们的吻，冰冷咸涩闪烁着凶险的光。除我之外，另一个女人——旃蒙留在了他的身体里。那个狼狈逃到岛上脸上带疤的女人就在他的身体里，和他一起亲吻拥抱进入我。他似乎并没有察觉，又似乎并不觉得有什么不对。

　　这么多年过去。他仍然像一张白纸，任我打开，袒露全部。只有我看到洁白之下的疯狂。我看到，因为我和他一样疯。

　　我知道我可以对他做任何事。任何事。

没有什么能改变这点。旖蒙不行，时间不行。只有死亡可以。

所以，出逃多年后，我重新来到当初保护我也是困住我的岛屿。

回到光的屋。

10、火星上的静默

在洗衣房里等衣服烘干的时候，旖蒙想起海洋馆里的疯海豚——在山顶破败的海洋馆里，那头驱赶着自己伤痕累累的身体，沿池壁疯了似的转圈的动物。它有着一双远古动物的眼睛，透过玻璃向人投去冰冷目光。还有它的怨毒笑容——长着牙齿的笑容，只有疯了的海豚才会那样笑。

那天晚上，旖蒙和丁未上岸后回到旅馆。他们换上旅馆老板借给他们的睡衣，面对面瘫坐在洗衣房的长凳上默不作声，等着衣服洗完烘干。旖蒙的脑海里一片空白。就在那片空白中，就在洗衣机滚筒转动的噪音中，疯海豚的身影鬼魅一般浮现出来。

它的眼睛，它的笑容，它溃烂的皮肤和胃。在幽闭狭小的水池里，它就像一块肉一样被浸渍其中，日复一日重复可笑的表演。他公开展示着自己的疯狂，却获得热烈的欢呼。

而丁未，他会喂它大把的抗生素。为了帮它活下去。

旆蒙斜眼望着身边这个人。他老练，倦怠，看起来比任何人都更像一个海洋馆饲养员，而不是一个潜入海洋馆企图偷走海豚的笨蛋。

他居然曾经真的想要偷走那只海豚。

听起来就像是个编造的玩笑。大姐告诉旆蒙的时候，旆蒙怎么都没法相信确有其事。

大姐当时费了好一番功夫才让旆蒙相信她所说的话。去年秋天的一个晚上，快打烊的时候，大姐突然说起这件事，上一分钟还在讨论意面面酱的地域性，下一分钟，没有任何过渡，话题转到丁未身上。大姐突然对旆蒙说，你知道吗，丁未最初去水族馆工作是为了偷那头海豚。

他是在半夜公路上遇到那头海豚的，确切地说，是遇到运送海豚的那辆车。深夜海洋馆的运输车在下山途中抛锚，司机一个人，又是新手，一时间懵了，不知所措地站在车边懊恼，幸亏遇见丁未开车经过。丁未帮他摆放警示牌，又打电话通知修车厂过来拖车。司机向他道谢，丁未问他运的是什么货。丁未永远也忘不了司机那个瞬间的表情。至少，丁未后来是这么和大姐说的。像是什么污秽的东西忽然向他招手。司机打开车后厢门，丁未看到了海豚。两头，银灰色流水线的巨大躯体被幽闭在运输箱里。司机说，他是海洋馆的，还把水族馆的地址给了丁未邀请他去玩。两天后，丁未鬼使神差真的去了水族馆，混在参观的人群中，沿设定路线一点点向前挪步。他终于见到了海豚，却只有一头。他问工作人员。工作人员斜眼打量他，告诉丁未另一头海豚死了，因为不吃东西，到水族馆后的第三天就死了。回来后，丁未上网查了许多海豚的资料。

不少报道上写着"在被捕捉后的前五天里，宽吻海豚死亡的危险呈六倍上升"。资料上还写了一些别的内容。大姐不知道丁未到底读到了什么。总之丁未决定不顾一切要把海豚救出来。他说是他把海豚从高速公路抛锚的运输车上送进海豚馆的，他说他有责任把那头还活着的海豚救走。他计划先在海洋馆里找个临时工作混进去，然后找机会把海豚悄悄运走，放回到海里。他跟排骨的人这么说的时候，所有人都以为他只是说说，或者疯了。但大姐知道他是来真的，就劝他。她告诉他这不现实，而且没有人会帮他。他一个人做不成这事。丁未什么也没有说。有很长一段时间，他再也没有提起营救海豚的事。但大姐知道他没有放弃。果然，丁未用了半年终于混进海洋馆。计划很顺利，他精心策划的每一步都在慢慢实现。除了一点：海豚已经丧失了在野生环境生存的能力。海豚疯了。

丁未偷偷试了好几次，疯海豚的反应十分激烈，考虑到运输过程会对它造成新的伤害，丁未没法再冒险了。以疯海豚的状况，如果把它放归大海，它很快会死。也就是说除了山顶海洋馆，疯海豚哪儿都去不了。

大姐说他们都以为他会辞职，安全地从这个疯狂大胆并且实行到一半的计划里得体地退出。但是他没有。大姐让旃蒙猜最后丁未怎么做了。

旃蒙当然知道答案。一个荒诞的却无疑是丁未会做的选择。他留在了海洋馆，通过了职业培训和考核，成为专职饲养员，饲养疯海豚。他亲手喂它吃死掉的鱼，训练它跃出水面，摇摆身体，亲手为它吃下大量的抗生素。——如果不会有解的时候，就只好和问题待在一起。

"海洋馆的那头海豚叫什么名字，"伴着烘干机令人心安的热风鼓噪声，旃蒙轻声问丁未。

"没有名字。"丁未想了一下，"别人给它起了名字，表演时候用的。但我从来不用。"

"要是它一直好不了怎么办？"

丁未笑了，钝重得好像身体遭受到鞭挞般的笑声："什么怎么办？它不可能会好起来了。"

"那样也可以？"旃蒙仿佛是个刚知道自己可以逃过惩罚的孩子。

"不然呢？"丁未问。

旃蒙仿佛再次沉入海中，眼睛望过去的世界无不被深邃幽晦的深蓝浸染。

"明天我们坐几点的船回去？"她听到自己的声波从深

海传来。

她知道，只要她愿意，岛上的生活随时可以继续。

她回到了光屋，回到了排骨服务生的生活，好像从没有离开过，也没有谁问她去了哪里，或者付远去了哪。

岛上的人们天性敦厚，生来具备缝合时光的天赋。一些日子被剪掉，一些日子被留下，留下的日子重新无缝连接。付远在的那些日子就这样被不动声色地抹去。同他一起显现的旖蒙的过往也就此不复存在。这不由让旖蒙从她的世界抬起头，认真端详起身边人的模样，想象她以前从未想象过的关于他们的故事。尽管大多数时候，她什么也想不到。他们的面孔、他们话语紧紧缠绕在日常中，不提供一点额外的线索。他们生活在幽闭的世界里，既封闭于自身又毫无防备地开放。

这座岛仿佛就是为了旖蒙这样的人预备的。

一切如旧。除了那件礼物。

回去后的第二个星期四的早晨，旖蒙意外收到了一件礼物。那时她正睡着，被突然惊醒。一直都安静得如同梦游者剧场的屋子，从内部某处发出可怕的响声，持续的，类似重物在地面拖动而发出的刺耳的声响。过程中，墙壁不断在遭受撞击。什么东西咚的一下倒地，接着一连串纷沓而来的嘈杂。连锁反应不断，甚至还隐隐能听到有人在咳嗽。她迷迷糊糊坐起身，环视房间，家具摆设都完好如初地安放在原来的地方。可她不曾见过也无法想象的重物还在继续发出噪音，狂暴地想要从囚禁它的地方出来。金属刮擦声平地而起，直刺耳膜，刮擦觞蒙的听觉神经。

"丁未！"她哀嚎。

屋子里一下安静了。"啊。"丁未应声答道。一如既往地平静。平静得让觞蒙以为可以继续睡上一会儿。身体缓缓躺下。

眼帘还没全部合上，又被丁未晃醒。

一个东西不由分说塞到她手上，铁块般又冷又沉。她差点没拿住。等终于认出那物件，觞蒙愣住了。毕竟以前只是在电影里见过。

"为什么？"她问。"不客气。"

"为什么？"觞蒙真的醒了。她坐起来，双手捧着一个胶卷相机，惶惶不安。"这个给我？给我做什么？"

"以前还囤了很多卷，都过期了，不过凑合能用。你都用了吧。"丁未挨近她坐下，接过相机，从兜里掏出胶卷，教她怎么装卷。起初，动作还有点生疏，开相机后背盖时显得多少有点笨拙，一旦将胶卷放进胶卷槽内，丁未的手指立刻被唤醒了，熟练地摆弄着相机，装卷，重设ISO，设档，换光圈。

端起相机的他完全变成了另一个人。旆蒙不可置信地望着丁未熟练准确的操作。他总是在这种时刻令她意外地觉得陌生。"太麻烦了。"旆蒙想告诉丁未,她没有任何兴趣。

"这个是定焦的,35的镜头,你先用着,看看有没有必要再添其他镜头。"丁未把相机重新交到旆蒙手上,"所以,我刚才教你的,你都记下来没有?"

"怎么可能?"旆蒙对大姐苦笑。

丁未非要旆蒙带着相机去排骨上班。午休的时候,大姐看到相机问起来,旆蒙就把事情经过大概讲了一遍。

"怎么可能记得住?我根本不会拍照,更别说用胶卷机。"旆蒙远远看了一眼放在她储物箱里的相机。

"你这是什么鬼表情?"大姐用力弹旆蒙脑门。"啊,疼。"

"别一脸嫌弃。这相机跟了他十几年。换以前,他都不会给别人摸一下。"

旆蒙想象不出那个时候的丁未。"这相机看起来很久没用了。"她说。

"你是想问他以前做什么的吧?"大姐一下洞穿了旆蒙的心思。

旆蒙望着大姐。她希望大姐不要接她的话。她不想知道丁未以前的事情。

"对了。"大姐似乎忽然想到很重要的事,"待会儿我要去港口进货,你和我一起去。"

"好冷。能不去吗?"旃蒙说。

"不能。你不去谁搬货?我先和他们把时间定下来。"大姐说着出去打电话确认。过了一会儿她回来了,若有所思地盯着手机看。

"大姐。"旃蒙唤她。

大姐把手机递给她。旃蒙接过来,看到绳子上悬挂着腌鱼的照片。"怎么了?"旃蒙问。

"这是你拍的吧?"大姐问。

旃蒙想起那天跟大姐和丁未去吃饭,不知道什么时候拿着大姐的手机随便摁了一张。

"一张好照片呢。丁未之前看到过这张照片吧?"

"真意外。"旃蒙好不容易找出这几个字来回答。

"我都没想到有一天能重新见到这台相机。"大姐举起相机从取景窗里看旃蒙,"喂,你打起精神来。"

旃蒙心想,这相机最后一定会落得和那部被迫买下的手机同样下场,被搁在某个角落蒙灰。可能比手机更糟,别说使用,她甚至都没有拿起它的意愿。白金色据说是钛金属做的外壳,冷冰冰的,令手指畏缩。需要装上电池和胶卷才能正常使用。即使最简单的光圈优先模式,单张对焦,按下快门前仍然要设置光圈大小,补偿曝光参数。最重要的，不能忘了打开镜头盖。

因为是旁轴的关系，没有打开镜头盖这一点是无法通过观看取景窗察觉到的。对于随手用别人的手机一键快拍的她而言，这台旁轴胶卷机使用起来繁琐到令人发指的程度。丁未却只是在那个早晨自顾自地解说一通，就放任她自己去摸索。有一次，旖蒙打开相机背盖，看到快门帘上沾了灰，顺手就要用手把灰擦了，好在指尖将要碰触快门帘的瞬间，想起要读说明书确认一下正确操作，才没有造成什么后果。当时，丁未明明就在边上，却不拦住她。所以即便她错误操作真的弄坏相机，他也不会阻止。丝毫看不出这台相机对他有多特别。尽管的确被保养得很好，镜头崭新簇亮，一尘不染，外壳几乎没有擦痕，但也只是一台朴素的被停产的旁轴胶卷机，远不是那种可以代表某个光辉年代而备受追捧的型号，比如徕卡。

丁未那样的人，一定是不会用徕卡。那种相机对他而言，过于清晰，附加了过多意义和价值。相比起来，这台相机拥有着更贴近实际用途的外表，换而言之，更像是一台用来拍照的工具。这倒的确是丁未的风格。他举起相机，和他用千斤顶卸下轮胎，这两件事并没有太大区别。可是到底什么样的对象能让丁未举起镜头，并且按下快门？什么样的对象或者人，对丁未而言，值得被留存下来，以影像的方式？

丁未想通过这相机留下某一事物的踪迹？又或者想要

留下某一个令他眷恋的时刻?

旖蒙无法想象身边的男人会有这样的念头。

如果这世上的确存在过这样的一个丁未,那么至少在他们相遇之时,这个丁未就已经消失了。旖蒙并不觉得遗憾。

只是她也会好奇。现在在她投向丁未的目光里,蕴含着连她本人也没有察觉的探究,她不由得探究曾经的那个丁未到底试图想要留住什么?

那个人真的试图徒劳地用这台冰冷的不起眼的机器去复制的是什么样的客观真实?

比起相机,她对他以前拍的照片更有兴趣。

然而曾经准确记录下事物光影的胶卷早已经不知道去了哪里,但也许就在这相机的某个部件上,仍然残留着它曾经拍摄对象的残影,一些真实光线留下的踪迹。她所不知晓的风景,或者人。

一想到这些,旖蒙就会忍不住打开镜头盖,对着什么按下快门。这不由自主的动作,似乎在唤醒沉睡的相机,又似乎是为了诱使相机吐露深藏多年的秘密。

在这样莫名其妙的心情下,旖蒙不知不觉地拍完了她的第一卷胶卷。

拍最后一张时,丁未就在身边。他开车带她去排骨解决晚饭。快门声之后,倒带轴爽落的倒卷声在车内轻轻响起,沙沙沙,犹如秋日风吹过牧场干草的声音。旖蒙听得着迷,瞥见丁未冷淡面孔下微微动容的瞬间。那个人一边开着车,一边和她一起在侧耳倾听,仿佛这响声是世界上最好听的声音。

"像风声。"她凝神屏息听着这声音直到它静下来。相机不再轻微震颤的事实,令她有点不安。旖蒙拿起机身上下翻了几次,才找到相机背盖的释放钮,拇指食指一捏一转,背盖弹开。快门帘,胶卷,如同柔弱的脏腑展露在面前。

旖蒙用食指小心翼翼抠出胶卷,盖上机盖。

握着胶卷的手心微微出汗。旖蒙觉得自己刚刚取出了相机的心。一直以来浑浑噩噩地按下快门,直到拿在手上真切感受到胶卷的实感,旖蒙才意识到原来自己真的在拍照,煞有其事的,拿着胶卷旁轴机,要留下一点什么。

"然后呢?"她问丁未。

丁未没有吭声。从刚才起他就一直沉默不语。"接下来怎么办?"旖蒙追问。旖蒙等着,她以为丁未会对他说什么。至少,会向她指明接下来该怎么做。然而丁未却像是没有听到,仿佛仍然沉溺在倒带的声音中。

一个刹车,车忽然停下。旖蒙身子猛地向前一倾。好在手里的胶卷没有掉。她直起身发现原来他们已经到了排骨。

丁未跳下车,甩上车门,快步走进排骨。

旖蒙拔下车钥匙,把胶卷揣进兜里,犹豫了一会儿,把相机放到后座,跟着进了餐厅。她在丁未旁边坐下,把车钥匙在他面前一放。丁未继续埋头看菜单，头也不抬伸手收下钥匙。

旃蒙凝视眼前这张侧脸。这模样以前什么时候见过，难以言喻的情绪忽然自心底弥漫开。接近惆怅，几近透明，仿佛是在哀叹某样还没来得及失去的事物。对了，是在她从昏睡中醒来的那天，他也是现在这个表情。那时候的他，怀着和旃蒙同样巨大的惶恐将车开回这幢房子。他受胁迫，别无选择，几次想要放弃。在老公寓，或者餐馆，或者沿路任何一个地方他并非没有尝试，然而均已失败告终。无名汹涌的暗流将他们裹挟，推向不可知的未来。丁未比旃蒙更早看清这点，也更早去顺从它，抑或相反，他从未认真思考，也从未意识过什么。他只是本能地抓住了身边的那个旃蒙也未尝可知。

然而现在，又是什么让他再度惶恐起来？

他们站在各自的位置，那是这个世界上唯一留给他们的位置。清晰无误。他到底是在害怕什么？

旃蒙挪开视线，给自己拿了一份菜单。她换了个手拿菜单，右手插进兜里，用手指确认胶卷是不是还在那里，下意识地一遍遍摸索着光滑的胶卷壳。

"兜里装了什么？"大姐的手搭在丁未的肩膀上，俯下身问旃蒙。

旃蒙摊开手，胶卷躺在手心。"怎么像掏到鸟蛋的小男孩？你还记得哪个谁吗？"大姐对丁未说，一边靠着丁未在他的椅子扶手上坐下，"大家一起掏鸟蛋，只有他掏到了，她没告诉任何人，偷偷把鸟蛋藏在兜里，打算回家孵小鸟。"

丁未茫然地对着大姐。"啊？"

"所以呢，你打算怎么处理这个胶卷？"大姐迅速切换话题。旎蒙盯着丁未，她也想知道接下来该怎么做。也许是拿到什么店里去冲洗。但有一点基本可以肯定，在这岛上一定没有冲胶卷的店。

"问你呢？"大姐不耐烦地拿肩膀撞了下丁未。

"——我自己来。"丁未说着，吸了口气，又继续沉潜到他自己的话语声中。此刻，他已经不再是对面前的两个人说话。"我来冲洗胶卷。她在旁边看几次就学会了。"

"在哪？"大姐声音微微发颤。

丁未直视她，没有回答。这是个多余的问题。所有多余的问题都不需要回答。

她们互相看着对方的眼睛。"你们吃什么？还是咖喱饭？"大姐似乎忽然想起他们来这的原因，掉头问旎蒙。没等旎蒙回答，她已经朝厨房走去。"两份咖喱饭。"旎蒙和丁未从座位这就可以清清楚楚地听到她对厨师说话。

"出来抽根烟。"等上菜的间歇，大姐对丁未说。丁未看了一眼旎蒙，缓步推门走进夜色。

大姐在停车场开满绣球花的角落等着他。

从旃蒙位置，恰好能透过窗户看见这两人一言不发，默默站在对方身侧。大姐从怀里掏出烟点上。丁未没有伸手接她递来的烟盒。只是盯着，在大姐准备收起烟盒时，改变了主意，缓缓抽出一根。不知道什么时候，日头落了下去。他们身后的天空幽蓝深邃，两个人立在那，被这样的天空剪成了黑色天鹅绒般的影子。只在他们挨近，头碰在一起，用手护着打火机火花不被风吹灭的顷刻，面孔与手掌内侧被镀上了橘黄色的光焰，但随即黯淡下去，化成两个红点，随海浪声一明一暗。

两个人吞云喷雾，身影被烟雾袅绕，始终没人开口说话。嘴唇的开合只与手中的这支烟有关。

话语被忘却了。还是附着在沉默里被他们用身体吞吐吸纳，变为烟雾缥缈的密语？他们仿佛凝固了。只有烟雾般的密语在流动。

有个故事。那里面地球毁灭了，或者行将毁灭。人类发动了毁灭世界的战争。有一家人逃了出来。父母和三个孩子。他们到了火星，炸掉了火箭。火星上没有一个人，一座座风格迥异的城市沿着古老运河而建。与其说是城市，不如说是废墟或者遗址。静默。火星上的静默，和父亲手中连接地球通信信号的通话仪之间的静默。现在你们可以任意挑一个属于你们的城市了。父亲在告知孩子们地球已经毁灭的事之后，对孩子们这么说。然后，这一家人，重新陷入了静默,笼罩着一个星球的那么巨大的静默。他们的身影倒影在运河里。谁也没有再开口。

为什么这个时候想起了这个故事?也许是因为静默。旒蒙已经很久没有和人讲故事了。再回到岛上之后,再也没有人要她讲故事。也许他们都觉得,她安静的样子更好。

旒蒙望着眼前这画面,已经抛却了最初的好奇。她不再想知道大姐把丁未叫出去的原因。当他们两人手中的红点不再亮起的时候,其中一个(旒蒙几乎已经无法辨别他们谁是谁),直起身,在深紫色的天空帷幕下,向另一个人伸出手。他轻轻拍了一下对方的肩膀,朝屋子里走来。

——先进来的是大姐。

晚上回到光屋。他们没有像往常那样开灯。丁未摸出手电筒,打开。一道光柱笔直伸向前方混凝土地面,随即爬上混凝土墙面。

"开灯吧。"他说。然而,旒蒙并不知道灯的开关在哪,她甚至并不确定是否有这样一盏能照亮整个屋子的灯存在。她从没见过光屋明亮的样子。在这里,光被极为吝啬地使用。无论是自然光还是人造光,仅仅投射在频繁活动的区域。一块块由光塑成的空间,彼此隔离,仿佛暗沉沉大海上的浮岛。至于大海,那些没有被光照到的地方,无论是否凶险,始终隐匿于浮岛之下,只有在被需要的时候才会显现，好像那些咖啡密封罐一样。

她似乎从来也不好奇，对这屋子的全貌一次也没有探索过，连有没有窗户都不清楚。但现在，丁未手持电筒，要她和他一起追随光柱，去往某处。

"去哪里？"她忍不住问道。

"楼上。"丁未答。

脚下的地面轻轻晃了一下。旎蒙不动声色重新站稳。

并不是单纯的震惊。得知住了近一年的屋子上面还有一层时，旎蒙觉得恐惧。仿佛过去的时光因为空间的倍增而加倍，她虽然不知情，但确实以某种方式加入到共谋者的行列。她丢失的那部分自我，其实一直就藏在这隐而未现的二楼。

光柱向前挪动，如同灵巧的蛇，在草丛中找到它的路径，光柱找了门。就在洗手间往右三米的位置，靠近屋子东南角有一个旎蒙从没注意到的窄门，刚好容一个人进出，和墙面颜色几乎一样。就算光线充足，她也未必能发现。丁未轻轻一推，门吱呀开了。丁未迈步进去，旎蒙紧随其后。她差点撞到墙——进门后没走两步就被一面墙挡住去路。

"这里。"丁未的声音从上面传来。手电的光柱打在她脚下。她看到右边一道狭窄楼梯。光随阶梯陡峭向上，阶梯两边高耸的混凝土墙若隐若现，半真半假向行路的人逼近。这比密室更强烈的幽闭感，令人觉得仿佛走在看不见尽头的隧道。旖蒙扶着冰冷的墙面拾级而上,手上沾满一层薄薄的灰。与那些被脚步惊扰扬起的灰尘同样,它们在黑暗里已经睡了很久不被打扰。

旖蒙不知不觉配合着丁未的步声,一个在前一个在后,用同样的节奏,向上迈步,脚步声回荡在发霉冰冷的空气里。毫无预兆的,丁未的步伐声消失了。他已经上到二楼,站在楼梯口等着她,用光为她引路。"这边。"他说。

旖蒙登上二楼,被丁未带到一间小屋。丁未在墙上摸到开关。啪的一声,灯应声亮起,房间顿时被黄色卤素灯的灯光充溢。旖蒙挡住眼睛,勉强辨认这屋里的陌生事物。

无论房间大小和家具陈设,都让旖蒙想到洗手间。最里面的水槽比普通水槽更宽更深,两边沿墙壁摆放着一排长桌。丁未弯腰从桌下搬出一个密封塑料箱,抄起耷拉在水槽边的抹布,洗干净,拧干,又转身擦掉箱子上的浮土,抹干净所有桌面。他掀开箱盖,从里面一一取出一干对象,一一将他们摆在正确位置。其中大多数物品旖蒙都认识。温度计、搅拌棒、量杯、三角漏斗、夹子、剪刀、海绵、棕色玻璃瓶。她在实验室工作的时候终日与他们为伍,还有一些她从没见过的、不知道用途的透明封套,还有两个大小不一的银色的金属罐头。

"你读书时化学实验做得好吗?"丁未从抽屉拿出"化学课代表"。

"先配液。你来配显影液、定影液,还有停影液。"丁未说着从抽屉里取出几包化学粉剂。

旆蒙从兜里伸出手。从进屋开始,她就一直把手深深插进兜里,站在屋子中央,离所有对象都远远的。这屋子里多年不流通的空气试图阻止她的介入,阻止她去触碰里面任何一样物品。她有点动弹不得,直到丁未给出清晰的指示。

要去做什么。用哪些东西,按照什么样的比例。明确无误,容不得任何偏差,也就没有退后的余地。她端起量杯盛水,加入D67显影剂,搅拌。搅拌棒撞击杯壁发出清脆的声音,刺鼻的气温熏得她难以睁眼。她想起以前在实验室工作的日子。那段旧时光随着她的每一个动作变得栩栩如生,变得比此时此刻更真实。

"浓缩液配好了,稀释吗?"她问。

丁未说先把定影液配好。然后再做。他说着顿了一下,夸她做得不错。

旆蒙嗯了一下。她以前做什么的,丁未并没有必要知道。她现在是排骨的金牌服务生,这就够了。

丁未让她停下,打开某个桌子下面的柜门,从里面抽出一件叠得整整齐齐的白大褂。

旆蒙翻了个白眼。"你不会吧?"

丁未没理她。衣服直接递到旆蒙面前，只差强行给她披上。旆蒙看了他一眼，放下手里的烧杯，套上白大褂。她知道丁未并不是真的担心溶液溅出腐蚀衣服。在刚才目光相对的时候，她分明捕捉到丁未平静面容下隐藏的促狭笑意，还有别的。她没有细想也没有分辨，只是觉得略微不安，并全盘接受下这复杂的好意。

就当是故意捉弄好了。

包括硬逼着她拍照，硬要教她暗房冲洗技术，以及硬让她穿上白大褂。

"先看着怎么盘卷。"丁未拿起显影罐，打开，拿出同样是不锈钢质地形如蚊香的圈轴。"你要把胶卷从胶卷壳里取出，然后像这样盘在上面。我拿一个过期卷盘给你看看。"

他说着，从左手桌子下面取出一个胶卷，示范给旆蒙看，如何灵巧使用取片器把胶卷从硬壳里小心取出。格外小心，不让手指碰到胶片画面，只靠食指拇指拿捏胶片边缘，又将胶卷固定在片轴上，一卷卷卷动，直至胶卷全部盘上。

"放心做。"他拿出另一个胶卷到旆蒙面前，一边快速拆开盘轴上的圈。

旆蒙几乎惊恐地捏着胶卷两侧没有乳光剂的部分。

"你放心，今天练得都是过期废卷。尽管练。弄坏了也没事。怎么可能是重要的胶卷。"

旆蒙试了几次，并不难，紧贴着边就可以。"不错，这么快学会了，差一点就成。"

"什么。"

"你需要在黑暗里完成这一步就好。"丁未眼睛里闪过笑意，三分钟的黑暗，确定暗房不漏光。

望着定影液顺着显影罐头流出，旖蒙一阵恍惚，紧绷的脖颈一下松懈下来。

"别着急，还要冲洗。"丁未简单做了示范。

旖蒙照着他教的，一遍遍冲洗。流水声呼唤流水声，闪烁黑色光芒，隐隐约约有什么在其中，似乎要挣脱混沌现身。旖蒙不由慌张起来。

丁未的声音传来。"以后用水洗器就没么麻烦了。"

"以后？"旖蒙一阵恍惚。

她打开暗房灯。

取出胶卷，她按照丁未说的，在空中悬一根绳子，再拿海绵稍微沾湿，使表面柔软，从上到下轻轻擦拭去胶卷上的小水珠。

"可以了。"他说。

旖蒙垂下手臂，后退两步，仰起面孔，一寸寸巡视悬在空中的胶卷。每一个小方格里深深浅浅的阴影，于现实世界截然相反的光影图案，如果仔细分辨，说不定可以辨认出个大概，连同回忆起拍摄时的光景。现在，化学作用已经结束。感光乳剂被塑形，固定下来。

"怎么样？"丁未问她。"你刚才说这个叫什么？"胶卷上的那个物质，她一时找不到更确切的描述方法。

"乙酸纤维片基？"

"不，片基上面的。"

"感光乳剂，卤化银晶体？"

啊，对，卤化银晶体，记忆的另一个名字。他们开始清洗工具。丁未说今天太晚，等明天胶卷干了再教她洗照片，现在先把胶卷挂在房间中央的细绳上，等它们自然晾干。好像晾衣服一样，斾蒙隐隐有些不安，临走时到了门外又回头望。啪。灯被丁未关上，胶卷悬在空中的样子瞬间隐没于黑暗。

"我看不见了。"斾蒙伸手去找灯，顺着冰冷坚实的墙面，一路摸索。

身后传来窸窣声，是丁未在掏手电。他说：你先别动。

斾蒙停下脚步。丁未的声音并不在正后方。斾蒙猜自己可能贴墙正在朝二楼大厅方向走。她转身，下一步就要停下，手掌滑过墙面。奇异的触感从手指传来。那小小的异物好像一直在黑暗中等待着她的触摸，还有开启，她找到了开关。

二楼大厅的灯亮了。

大厅顶部的一圈射灯同时亮起，将光打在墙上的不计其数的照片上。整个大厅贴满了照片，完全覆盖住墙面。

大小不一、宽幅不一的黑白照片被随意贴在墙上，其中不少是几张随意叠放在一块，上面的将下面照片的大部分都遮盖。即使如此，也能大概猜出其中的内容。这并不困难，甚至过分简单。

墙上所有照片拍的都是同一个人，每一张照片都是她。

她的眼睛。她的嘴唇，她耳垂小小的弧线。脖颈上的黑痣。她的微笑，她小腿的伤疤，她肩胛骨的阴影，她的脊椎。她的侧脸特写。她站在逆光的芦苇丛中，她在悬崖边上，小小的像一块石头，她坐在废弃的车站小屋的阴影里，她躺在大姐怀里，她穿着家居服在厨房做高汤，她一边吃雪糕一边哭泣，她坐在马桶上看书。她咬着丁未的手指，她撩起裙子在海滩上，双腿被海水打湿，左脚缠上了海藻，她推着摩托车，脸上脏兮兮的，嘴唇破了个口子，沮丧地瞪着——镜头。

这张照片被放大到长宽各半米，贴在正对楼梯的墙面中央。那个女孩瞪视正前方。任何站在照片前的人，都必须承受她灼灼目光。只要见到那双眼睛就会明白，无论有没有光线，它都能洞穿它所见之物。即使它前面空无一物，这双眼睛也能穿透黑暗，穿透被遗弃在这的漫长时光，直直抵达废墟一般无法被修改的它自身的命运。越盯着看，越深陷到那双眼睛的魔力中。旃蒙不由自主走近，向前一步，又向前一步，尽管感受到目光的重压，却仍然被瞳仁里映现的光影吸引，难以抗拒。她想看清楚，那个时候丁未，深深眷恋着别人的样子。

"学得怎么样？"

排骨打烊的时候，大姐一边算账一边问旖蒙。

只有大姐能够一心两用还从来不出错。旖蒙钦佩地看着她。"喂，说话。你要是不喜欢，就直接告诉他。没必要由着他。在这里，你不喜欢的事就可以不去做。"

"有一点点喜欢上了。"旖蒙说。

翻飞如蜂鸟翅膀的纸币忽然静止。大姐停了下来，抬起头。

"你们俩还真是互相惯着对方。"

"大姐。"

"嗯，你说。"大姐继续数钱。

"大姐，丁未以前是摄影师吗？"旖蒙觉得手里的椅子一沉，还是问了问题。

"不是，他就是做什么都还挺不错。"

旖蒙没有吭声。她拼命按捺住下一个问题。

"你想问他以前是干什么的吧。"大姐把明天用的零钱包好放进收银机，关上抽屉。"他呢，这辈子好像什么正经事也没做过。很正经地什么正经事也没做过。所以也不能说浪费。这就是他。"

"听起来我也算是。"旃蒙笑。

"不一样的。"她顿了一下,"最好不一样。"

大姐平淡的语调里,隐隐透出痛切,好像话语里一道瘀痕。旃蒙朝窗外稀疏的灯光望去,看到的却是另一张姣好美丽的脸庞。她并不知道那个女孩的名字。她对她一无所知,但她觉得那个女孩,是一个她可以去呼唤的人。旃蒙没有告诉大姐光屋二楼还有照片的事。她没有和任何人提起,包括丁未。与其说是为谁保守秘密,不如说是对某件理所当然的事实保持缄默。那之后,她常常会独自去二楼,在四面环绕女孩影像的大厅里待上很久。每一次都会有新的发现,让她生出更多关于那个女孩的想象。然而发现越多,想象中的模样就越模糊,如同墙上堆叠的照片,影像迷失在影像中间。她倒并不执意要拼凑出一个陌生人的完整形象。独自在大厅的她,更多的时候只是沉迷于眼中所见。用光,角度,构图,色调,最初涉猎摄影的人会考虑的因素她也全然不顾,只是一味沉迷画面本身。而从丁未的照片上也很难看出他是否真的考虑过这些。他甚至都不挑相纸。有时候用纸基纸,有时候用涂塑纸,完全没有规律可言,很可能是手头有什么就用什么。至于两种相纸的区别,他那时倒是认真讲过。他说,博物馆美术馆更倾向用涂塑纸做相纸展出,不过这种相纸在定影之后,水洗时间要比纸基纸至少长半个小时。否则要是水洗不充分,就会直接影响保存时间，照片会褪色发黄。博物馆、艺术画廊要求彻底水洗可以保存一百年——但是大部分照片不需要保存一百年。旖蒙记得他说到这时，微微顿了一下，似乎在思考墙上那些照片需要保存多久。

在那之后，丁未再也没有进过大厅。每次上楼都直奔暗房。尽管旖蒙每次去大厅他都知道，但他从来不道破。他只是沉默。这样就不必说谎。只要沉默只要各行其是，他们就能继续假装，那个充满少女影像的空间并不存在。

Ⅷ 煌的话

煌：

那时候他们并不知道我已经在回来的路上。他们以为我将永远只是光屋中被折叠空间里的沉默影像。他们以为我会永远沉默。

很久以前有一个作家，曾经出版了一本让他后悔的书。为了纠正年轻时的错误，他跑遍了城里每一家书店，将那本书尽数买走，最后将它们付之一炬。我为此专程去了那个城市，走过他匆忙走过的石板路，也在想象中看到美丽明亮的火焰如何吞吃掉他的羞耻。我想要那样轻易把罪证烧毁的机会。

某种意义上，也许，橘岛就是我要光顾的第一家书店。

11、疯海豚与抗生素

不知从什么时候起,旖蒙带着相机独自外出的时间越来越长。大部分时候徒步,不时也会乘公车去很远的地方,然后走回来。连她自己都想不到,她原来是一个有脚力的人。一个人进到山上的森林,或者顺着沿岛的公路走上大半圈,有时候是跟着一条小溪,不知不觉到了入海的港口,又跑到全是礁石的海边,甚至还爬上了树。遇到可以格外亲近的风景,比如娟秀的瀑布,她便会坐上好一会儿发呆。因为一开始没有经验,出过不少纰漏,穿的鞋不防滑,衣服不防水,没带胶卷,电池用完,镜头盖掉了,曝光指数设错,数不胜数,好几次回来都狼狈得不行,浑身泥泞、鼻青脸肿是常态,更有几次是被路上好心的司机搭救,坐顺风车回到排骨。相机没事。每次她都这样笑着对大姐说。大姐没有拦她,丁未也没有。他们由着她像变了一个人似的疯跑。回来后洗了澡倒头就睡。

拿到相机的三个星期后,旖蒙把拍完的十四个富士卷摆在丁未面前。丁未目光扫过。他问她这都是拍好的卷?她答是。丁未说这次她可以自己冲洗试试看,反正不会有什么好照片。旌蒙没有反驳。她的确没有什么损失。更何况在暗房里的世界，规则一旦被制定，就要求被严格遵守。温度，浓度，时间。一直精确到小数点后的两位数字。呈现出有序的美感。没有弦外之音。只要完全遵照它，就不会出错。唯一可以抱怨的，的确是她糟糕的拍摄技术。但是没有关系。只要置身其中就好。

数字比故事要安全得多。

也许这就是他们不再要她讲故事而让她拍照的原因。

上楼前旌蒙犹豫了一下，从沙发后绕过，绕过正在劳拉身体下闯关的丁未。她推开水泥色窄门。

顺着狭长的楼梯，旌蒙上了二楼直接进暗房，在水槽上面的柜子里找到显影罐——可以同时冲两个135卷的显影罐。旌蒙打开显影罐，拿出插片轴盘，里外仔细洗干净后，又擦干上面残存的水分，留在一边备用。然后是配液。上次他们配好的停影液和定影液都可以重复使用，所以这次只用几分钟稀释显影原液。

旌蒙打开水龙头，接了一大盆水为待会儿水浴用，拿出温度计浸入液面测现在的水温。盯着温度计的红线好一阵，才明白上面数字的含义。

原来冬天早已过去。岛上的天气悄然转暖。旌蒙惊讶自己的迟钝，对季节更迭毫无察觉。明明很多时候都在室外，专注于记录眼见的风景，对山上植被生长对溪流瀑布水量对耕田播种情况比寻常人更在意，却竟然完全没有意识到春天来了。在她心里，或许画下界限，将自己从眼前风景摘取出去。她不在她记录的风景中，她甚至从没有经过那些风景。她所想的，只是紧紧抓住它们在那瞬间的光影轮廓，那瞬间的色泽形貌。确实证明它们的存在。物与景无悲无喜，却确实是可证的存在。比她体感和身体更真实的存在。

既然气温到了标准范围，就不用水浴。旖蒙将胶卷开盖器、显影罐罐体、插片轴盘、剪刀，胶卷整齐摆放在桌上，又检查一遍，将每一个的位置记下，确认没有问题，便关了灯。接下来，丁未的三分钟原理。她想着丁未那时教她的话，在黑暗里睁大双眼，一动不动，只听到自己的心跳。完完全全的黑暗，有那么片刻，她还以为自己闭上了眼睛。

没有光。黑暗轻轻一颤，几乎不为人察觉，随呼吸，随远处的潮汐，摇晃着，不可遏止地失去坚实的密度，万物的轮廓置身其中，呼之欲出。

旖蒙摸索着用暗盒开盖器打开胶卷，取出片子插进盘圈的螺旋沟槽，一圈圈小心绕，生怕滑落，等整卷片子都在盘圈上，把盘圈放入显影罐，紧扣上显影罐。旖蒙长出一口气，打开灯，按照丁未之前的示范先显影。用的是丁未67的显影液，温度22摄氏度，根据丁未67显影时间表，她找到显影静置时间，在计时器上设置好，打开显影罐上注入液体的开口，慢慢将之前配好的显影液倒进去，立刻启动计时器，拿起显影罐轻轻磕碰水槽，防止气泡产生附着在胶片上留下痕迹。静置三十秒，然后上下翻转显影罐，然后继续静置，三十秒后再晃动，如此反复，等计时器铃响，立刻打开防光口倾出显影液。完成显影。停影，定显，基本也是类似动作。旖蒙小心翼翼地操作，全力以赴严格掌握好时间，力求每一个步骤都精确完美。等到完成定影准备下一步冲洗海波，旖蒙的心神微微恍惚，发觉额头竟然沁出一层细汗。打开显影罐的双手微微发颤，手指在不锈钢表面笨拙地滑了好几次才成功掀开罐盖。这双手让旖蒙觉得陌生。她看着它们好像是在看老电影里的特写，特写镜头给了一双手，它苍白，细长，指关节微微凸出，正在打开埋藏地下多年的宝盒。

她拧开龙头，把橡皮软管一头接上，另一头压在轴盘上，这样水流可以不断循环冲洗胶卷，冲去那些没有感光的卤化银晶体。

要等上二十分钟。

旖蒙靠在水槽边上，身体仿佛缓缓解开的结，从里到外松弛下来。总算好了，旖蒙这么想着，体会着血液回暖的滋味。就在那时，流水声乘虚而入，猝不及防。从软管流出的水继续冲刷着胶片上的杂质。这水流声带着乡下渡轮的晃动和油烟味，闪烁着都市江边漆黑的光，刻意隐藏着空荡荡海边老公寓的昏沉睡意，以及狂风大作的冬季之海的彻骨冰寒。这流水声不知不觉就要满溢出这间暗室。这流水声就是一片苦度无望的汪洋大海。

她紧紧抓住桌上的相机。在沉入海底之前。她只是紧紧抓住了那台相机而已。

当丁未递给她相机，她也是这么伸手接过，如此而已。

她需要这台相机，需要拍照。需要某种可以令她沉浸又无须言说的事物。羊水般包裹滋养保护她。相机也好，照片也好，这些其实都与那个女孩无关。即使无法完全确定丁未的用意，但至少，那个时候，在流水声漫溢的暗室里，旃蒙明白，眼前所发生的只和她自己有关。她紧紧抓住她能够抓住的。抓住什么，什么都可以，活下来就好。求生欲喷薄而出。活着的人总是在努力求生。不管多狼狈、多丑陋，付出多大代价，就像所有疯海豚需要抗生素。

丁未比她更早洞察到这一点。

电话是直接打到排骨的。丁未告诉大姐，海洋馆上午出了点事，他得留在那，晚上能不能回得看情况，他让大姐在末班车来之前放旃蒙下班。大姐问，还有什么要跟她说的。丁未说没有，就挂了电话。他们很快从电视里知道海洋馆发生了什么事。晚间新闻报道了海豚咬伤饲养员的事故。第三场表演的时候,海豚纵身跃出水面,按计划它本该穿过训练员举起的红色呼啦圈,却突然张嘴咬住训练员的胳膊,将他拖到水中,死咬不放。训练员差点被溺死在池中。新闻画面里,右臂伤口深可见骨。大姐紧盯着屏幕,直到新闻给出训练员的特写镜头,神情才缓和下来。

受伤的不是丁末。

镜头切换到男女两个主持人身上。他们开始讨论这是不是一场简单的演出事故,应该如何有效防范此类悲剧,保护游客和工作人员的安全。

"它不是故意的吧。"帮厨喃喃自语。

"不,它只是蓄意谋杀。"旖蒙的声音并不响亮,却清晰有力。饭馆的每个人都能听到她的话。

人们安静下来。出于吃惊,或者感觉被冒犯了,刚才还在议论这件事的顾客们被旖蒙的话吓了一跳,纷纷把目光投向她。她说话的口吻随便得根本不像在讨论谋杀。

大姐跑出吧台,接过旖蒙手里的盘子,把她拉进厨房。

"那条海豚早就疯了。我见过它。那个时候它就疯了。"旖蒙对大姐说。

"你现在有两个选择。要么闭嘴干活,要么永远滚出这里。"大姐用同样随便的口吻说道。

"他们会怎么处置那条海豚。"

"枪决。当然不会。他们那么穷,怎么会杀了最能挣钱的动物。去吧。4号桌要结账。"大姐说着，把旃蒙往外面推。

经过主厨身后，她似乎听到主厨说了句什么。只是声音含混，又被排气扇和翻炒肉饼的声音盖过。她停下来，问大厨说什么。

大厨扭转过半张脸。"受伤的那个人，常来我们店里。"旃蒙啊了一声。目光微微涣散开。

"你有没有想过，受伤的训练员，我们也可能认识。"大姐问她。

"没有。我没想过。海豚以外的事，我都还没有想过。"旃蒙直视大姐的眼睛，一字一顿地回答。

"它是故意的吧？"她也是这么问丁未的。

半夜三点，丁未从海洋馆回来，旃蒙正斜在沙发上刷如龙0的白金奖杯。听到他回来的声音，旃蒙一边不慌不忙使出一个组合技撂倒跟前的胖流氓，跨坐在他身上，不断出拳重击那人的太阳穴，一边抛出这问题。丁未冲屏幕看了一眼。

"我用的是自己的账号。"旃蒙撒谎了。

丁未不作声，往旃蒙身旁一坐，完全瘫软在沙发里。

他看上去很糟糕，仿佛大量失血的人是他。也许是无法承受自己的重量，他的身体一点点向旃蒙倾斜。

起初只是轻轻碰触，不多久，压在旃蒙肩头的力量越来越沉重。这就是那个作为丁未的躯体所负荷的重量。

"明天不去了吧?"旃蒙问。丁未轻轻嗯了一声。

凌晨三点的屋子里,只听到他艰难的呼吸声。

忽然丁未几乎是在用气息吐出几个字。"医院的味道真难闻。"

旃蒙毫无防备地,被冻结在那个瞬间。手指无论如何按不下键,眼睁睁看着屏幕里的真岛被几人围殴,血量慢慢降至零。

"那个饲养员没死吧。"她吞下哽在喉咙里的无名之物。

"嗯。"

"海豚怎么办?"

"杀了吃掉。"说完,他不放心,抬起头望着旃蒙。"你知道这是玩笑对吧。"

"会怎么处置它?"

"先避避风头呗。养在馆内不对外公开的池子里。然后假装什么事也没有发生。等过段时间再出来表演。"丁未夺过她的游戏手柄,接下去打。

"它是真的想杀死谁吧。是谋杀。"

丁未把手柄还给她。"所有的罪都是蓄意谋杀。"

手柄掉在地上。旃蒙俯身去捡,不知为什么,身体忽然动不了了,被凝固在那个姿势里。"那怎么办?"她问丁未。声音听起来像是在哭。

"没有怎么办。养着它。"丁未淡然作答,伸手去拽旃蒙的衣领,把她往上拉。"起来,你会脑出血的。"

"不要,脸部会下垂的。"旆蒙挣扎着,最后还是被拉起来。

"还玩吗?"丁未问。

旆蒙摇头。丁未关掉游戏。

屋子里变幻的光影瞬间消失,似乎地板忽然塌陷,所有物体意外陷入不纯粹的黑暗中。丁未颓靠在她身上,任由她身体轻轻抽搐,不闻不问,毫不介意地把身体重量全部压过去。在那意外的宁静中,这人的呼吸声被放大成洞穴怪物的喘息,仿佛费尽气力才能完成。

"知道什么是扩张性心肌病?"丁未问旆蒙。

旆蒙一时没有反应过来。凭空出现的陌生专业词汇,却是以极其日常的口吻从丁未嘴里说出来。就好像是说今天天气不错。她还在为这六个字困惑,手忽然就被丁未握住,在半空疾行,一下紧贴到他的胸口。在那下面,一颗心怦怦地不寻常地跳着。即使隔着皮肤、脂肪、胸骨,旆蒙的手仍然觉得那颗心猛烈地向着她的掌心跳动着,似乎要不顾一切挣脱胸腔,冲出禁锢它多年的樊笼。"心脏左边比正常的要大,跳起来就费力些。你能感觉到吧,医生说这叫强烈的抬举感。不知道哪天会停下。真的那个时候——恐怕要麻烦你。"

"麻烦我什么?"

"到时候再说，别吃掉就行。"丁未指着左边锁骨附近给旖蒙看。"看到这个吗？"

经他一指，旖蒙才发现那里有一道不明显的疤。如果不仔细看，根本看不出来。

"昏倒被送到医院，醒来后发现身上已经被装了个体外临时起搏器。起搏器的电极导线就是从这里插进身体，然后进到锁骨下静脉，顺着一直下去直到心腔，最后顶到心肌上。心跳的时候，心脏会有电活动。起搏器导线就能感知到。如果心脏表现良好，心跳相对正常，那么就没事，要是表现不好，起搏器就会放电脉冲，来刺激心脏，让它正常跳动。"

丁未絮絮说着。像一个老年人烂熟于所有与他相关的医学名词，并且热衷于诉说自己的病情。也许不加以阻止，他会一直说下去。然而这枯燥的解说自带有抚慰人的力量。与他异常的心跳一起，不动声色地将旖蒙带离险境。

"电脉冲？"

"一放电脉冲，整个胸口都会被电起来。住院很无聊，偶尔和护士聊天，聊到一半，护士还在等我下一句话，我就已经晕过去了。那时候就是觉得眼皮很沉，想睡，特别困，但心里很明白，如果睡过去了，也许会醒不过来。什么事都可能发生。"

旖蒙伸手去摸锁骨上的疤痕。伤痕本身和旁边皮肤肤色接近。只有指腹能感到下面微微的不规则凸起。当年的那份伤痛以这种方式留存下来,以便在某个时候,比如此时,传递给另一人。比如她。旃蒙轻轻打了个战。

"害怕吗?"她问。

"不。"丁未沉默了。

旃蒙等着。灯光下的静物们此时微微颤动起来,不断叠加出柔和的幻影。

"只要不把起搏器生扯下来,就挺安全的。"

"所以你把……"

"嗯,扯下来时,起搏器一头还连着心脏呢。"丁未的声音回荡屋子里。静物们安静下来,重新回到固定坚实的形态。旃蒙想象着被扯下的体外起搏器,又想起父亲躺在病床上的样子。身上插满了半透明的管子,隐隐能看到液体在其中流动。父亲的身体似乎一下拥有了无机物的特性,并获得了非人式的延展。丁未的体外起搏器也是如此。但他却扯断了它。旃蒙脑海里喷溅着那个时候从丁未伤口里涌出的鲜血。

但是旃蒙知道,那并不是丁未想要告诉他的。这个晚上,他突然提起这些,只是为了告诉她另一些事,为了让旃蒙去够及另一些至今尚未向她显明的事物。在他的沉默里,在他不得不停下诉说的沉默里,有他亟欲旃蒙能懂的内容。今晚他所说的,已经穷尽他所有言语,是他能走到的最远处。他已经来到言语世界的尽头。脚下就是断崖。断崖下的沉默之海翻卷沸腾铁灰色浪花，一步也无法逾越。

然而那到底是什么？旇蒙不具备丁未所希望她拥有的直觉。她的目光无法穿越丁未的沉默之海。面对同样的海域，她目力所能企及的，是一片铜镜般平静的海面，单单映射出自己惊慌的面容。

"丁未，大姐说的伤疤就是这个吧。"

"哪次？"

"喝酒的那次。"

"大概吧。"

她想知道为什么，张开口却没有发出声音。

丁未的脸半埋在肩膀和沙发靠背的缝隙里，以一种浑然不觉的别扭姿势拧着脖子。而身体，像被卸下的重担，变得又软又沉，压在旇蒙身上。来光屋一年多，旇蒙第一次见到丁未踏实睡着的样子。他确实是睡着了。鼻息声转为轻轻的鼾声。

她喜欢他的睡态。比白犀牛更罕见的丁未的睡态。

旇蒙拿手垫在丁未头下小心托着，另一只手慢慢扶着他的肩膀，把他放平在沙发上。好让他睡得舒展。然而他几乎立刻惊醒，睁大眼睛迅速扫视一圈周围。

"我睡着了？"

"嗯，还打呼了。"

丁未缓缓坐起，靠在沙发背上。"不睡了？"

"坐着睡。"丁未说，"扩张型心肌病病人需要高枕位睡眠。"所以，他干脆采取了坐姿。旖蒙想象着那些夜晚，丁未独自坐在沙发里和衣睡去，身边留一盏小灯，为了在醒来时知道自己在哪。后来，她来了，睡在屋里唯一一张床上。丁未仍旧坐在沙发上。

他应该病了很久，全然适应了身为病人的生活。扩张型心肌病，这种病也许可以痊愈也许不可以。但丁未似乎已经能和它愉快地相处下去，甚至包括它的恐怖之处。从某种意义来说，这个病才是外部世界诸多人事中与丁未关系最亲密的存在。它陪伴着他，也改变塑造着他的生活。旖蒙洞察到这点，于是决定不问丁未他是否已经痊愈。

"你知道你打呼吗。"旖蒙说。"真的？"

"你知道吗，人呼噜声也是他自己的频率。许多猫科动物都会发出一个频率的呼噜声，25 Hz，据说这个频率的声音可以帮助他们愈合伤口，缓解全力追捕猎物导致的肌肉拉伤和肌俭过度拉伸。母猫的呼噜声还能帮助小猫的骨骼生长……"

现在轮到她絮絮说个不停了，轮到她用细语编织轻柔的声音之网，陪他沉入到深深无眠的睡梦中，无须为任何事担心。

每天早起利用上班前的一个小时放大照片，周末外出拍照。旖蒙这样坚持了一个多月，缓慢不懈地把拍的第一批胶卷全部冲洗出来，甚至挑了几张满意的，放大到四寸。照片拿到丁未面前。丁未打开一楼最大的顶灯，把照片摊在厨房桌面上，一眼扫过去。

"怎么都是景物？"丁未问。

不单都是景物。准确地说，旖蒙的照片里根本没有人。哪怕是远处一个模糊的影子都没有。

她精心将所有人类排除在她的镜头外。

"为什么不拍人。你明天去早市练练街拍吧。"丁未说。

旖蒙立刻拒绝。她没有说为什么。只是固执地把人从它的照片里完全驱逐出去。

丁未盯着她看了好一会儿，又回头看那些照片。这些照片有好有坏，有拍得好但在后期冲洗过程失误的，也有冲洗准确但拍得很无聊的。"单看照片，会以为你拍的是一座无人荒岛。"

旖蒙清楚丁未说得没错。哪怕是室内照片，相片里保养良好的家具仍旧透出荒凉被遗弃的意味。在她以前读过的故事里，类似的场面屡见不鲜。小镇的人们前一分钟还在日常生活中奔忙，一个瞬间之后，所有的人和动物忽然凭空消失。留下他们之前还在使用的物品。一个芭比娃娃，一辆无人的SUV，一台还在烘干衣服的洗衣机，刚刚完成传真的传真机,还在冒热气的咖啡。

她镜头下的世界,就是那样。人们刚刚离开,但永远不会回来。镜头所记录的这些,毫无疑问都被遗弃了。她的照片,是世界被遗弃的起始。

"因为黑白照片的关系?"旃蒙问。

"不是。"丁未拿起一张杉树的照片盯了很久。很少人会用2.8的焦距去拍一棵树,只拍它紧紧抓住地面触须一般的树根。角度微微歪斜,搞不清拍摄者是有意为之,还只是技术欠佳。

"真丑。"旃蒙自己评价道。"为什么这样拍?"丁未问。旃蒙耸耸肩,她说不上来。

"你要不要试试看拍肖像?"丁未放下照片,朝旃蒙望去。旃蒙不回答,很专心地拨弄着一张张照片。她害怕在这种时候被识破,被人看出她不拍人的原因。

带有人像的照片一旦被冲洗出来,就莫名带有人的特性,仿佛是从本人身上夺下的一部分,令人惶恐,无法随意处置。

你无法像丢弃其他照片那样轻松丢弃人像照片,也不能随便往哪里一放。对旃蒙而言,连自己的安置都是问题,就更不知道如何去安置那些人像照片。最令她不安的是,她不知道以何种心情去面对那些相片。即便是拥有可以张贴的墙,像二楼大厅的那些墙。即使有整整一栋屋子,让她存放这些照片,也不行。

"没人愿意让我拍。连大姐都说不行。"她撒了一个笨拙的谎,甚至不需要当面对质就可以戳穿。丁未没有戳穿。他开始选照片,挑出一些技术上明显犯错的,讲给旆蒙听哪些是曝光不够,哪些显影时间太长等等,又或者遇到这样的现场环境可以怎么去处理。丁未从来不评判好坏,也不轻易涉及到美感,他教给她的都是最基础的技术,并且一直强调他现在说的只是普通规则,以清晰准确地捕捉那个时刻为目的。

"你可以随时打破这些规则,按照自己的意愿。当然要等你先把基本原理搞清楚之后。"类似的话,他以前就说过。这种时刻准备撤退的姿势,是他面对她的一贯态度,无论是在海边公路让她搭车,还是照顾昏睡时候的她,还是现在,教她摄影。

旆蒙不禁猜想,丁未是不是真的没有注意到她交出的照片数并不是36的整倍数,桌上的照片比实际应有的少了三张。那三张照片被她放进暗室的抽屉,压在相册下。

不是什么了不得的内容,只是当时还没准备拍却误按了快门,还是连拍了三张。藏起来的原因倒不是因为失误。桌上的那些照片不乏误按快门拍下的。只是那三张照片里都有人,尽管只是一个远处模糊人影,但若仔细辨认,还是认出那人是丁未。

12、回到岛上，回到光屋

六月初，岛上迎来了梅雨期。连绵细雨并没有削减观光客们的游兴。环岛的游览车仍然车车满员，披着鲜艳雨衣的人们钻进溪谷缆车，上山顶品尝当地美食，再坐缆车下来。也有登山爱好者，无视山路泥泞，选择和体力匹配的路线徒步攀爬，据说，有人在路上还遭遇到野猴子。岛上为了照顾这样的游客，将末班车的时间又向后延长了一个小时。

旂蒙因此也可以搭乘末班车回码头旅游信息中心，再从码头走到排骨，省下不少力气。按大姐的说法，也省下不少买鞋的钱。但那天她差点错过末班车，幸亏有个上车的客人一直在找零钱买票，拖延了关键几分钟。她气喘吁吁跑上车，找到最后面的位子坐下，对着车窗望着雾气袅绕的溪谷，心仍旧狂跳不止，预先在为什么事慌张。

其实并不是真的一定要赶上这班车。

到码头终点站，雨暂时停了。旂蒙和其他人一起下了车。停靠的渡轮鸣笛准备起航。这是今天的最后一班渡船。同车的几个人慌忙向船跑去。而那女孩，水鸟般悠闲，迎着他们走来，又从这些人中间穿过。她看到旂蒙，停下脚步。她身后的渡轮缓缓驶出码头，在以她为主体的定格画面留出大片空白——青色的海与天空，像是一道忽然豁开在旃蒙面的口子。

面前这个孤零零的黑色身影,既不像在等车,也不像在等船,更不是在等人。这种人,即使在汪洋人海中,也能一下就看到她。

"最后一班船?"女孩用大拇指指了指身后离港的船。
"啊。"旃蒙回道。

女孩耸耸肩,双手插进背后的裤兜。

"附近有什么好吃的饭馆吗?"她微笑着问。

那微笑,是旅行者才有的微笑。无所谓,无所畏惧。能轻易敞开心扉,也能轻易告别。只有在外漂泊很久的人才会那么笑。

"今天是周末。这个点许多店都关了。"旃蒙说。

女孩听了并不沮丧,目光灼灼,等旃蒙给出坏消息之外的消息。

"有一家。不过在山上,要走一段路。""你带我去?"她走到旃蒙跟前。

旃蒙点点头。

凑近看,旃蒙发现这个人已经不能再算是女孩。她不年轻了,但也谈不上衰老。浅褐色皮肤紧绷在骨架上,好像她身上穿的黑色衣装,给人以风尘仆仆的感觉。脸上不乏晒斑和细纹,眼睛却异样的明亮。下嘴唇有一颗痣,恰巧在与上唇交汇处。双唇合拢的时候,仿佛含着一道伤口。

女人并肩走在旖蒙身旁。脚步努力迁就着旖蒙。要是她自己走的话,恐怕早已经走出很远去。她很高,大概和大姐差不多高,但身姿更修长挺拔,走起来与其说是迈步,不如说是跳跃。鹿一般轻盈敏捷。

——其实在码头是有公车直接到饭馆的。但是那条路线车次特别少。至少还要等1个小时。旖蒙心里预备这样的闲聊,但几乎马上明白她不需要用上这些。和别人不同,这个人不需要寒暄聊天,她可以安安静静地和你走上一天也不说话。

"好相机。"女人瞥了一眼旖蒙脖子上挂着的相机称赞。旖蒙下意识地摸着相机带,不好意思地笑了笑。

"很少有人用胶卷机了。麻烦。"女人晃了晃头,甩去头发上积留的雨水。

"才刚开始拍,我还是新手。"旖蒙解释。

"啊"。女人长长吸了一下鼻子,把包的背带往上推了推。她看似出门很久,却只带了一个中等大小的双肩背包。发现旖蒙在打量自己的背包,女人点点头。"足够了。其实。"

旖蒙没说话。她不习惯问问题。尤其当身边这个人令她不安时。隐隐地,在上山的路上,她预感到什么事正在发生,远处乌黑的雨云积涌而来。也因为这样,她才一直没有觉察到,眼前这张面孔,她曾经见过。

直到看见大姐瞬间煞白的面孔,旆蒙才恍然明白。在光屋二楼的墙上,她早已经见过这张耀眼的面孔。

她带到排骨就餐的这个女人,正是照片上的那个女孩。

"大姐。"女人绕过中间的桌子,抱住大姐好一会儿才松手。"没想到啊。"她轻描淡写地说着,环顾排骨店堂。

"煌。"大姐叫她。

"嗯?"女人掉转头看大姐,面上浮出淡淡的微笑。"我——回来看看。"

大姐恢复常态。"吃点什么?"

"嗯。"煌在角落沙发座坐下,摊开身体。"我不饿,只是想找个地方坐坐。"

"我这里是饭馆。"大姐说。

煌坐起来,歪着脑袋快速浏览吧台上的餐单,几乎是敷衍地点了今日套餐。

"你饿了吧?一起吧,我吃不了那么多。"她说着,身子往里挪,给旆蒙腾出位置。

旆蒙看了看大姐。大姐好像没有听到这句话,在厨房和吧台之间忙碌,脸上一片空白,什么表情都没有。旆蒙从没见过大姐这样。她认识的大姐,从来不会这样硬生生装作一切都好。

"来吧。"煌大声招呼道。一副反客为主的样子,却奇怪得不让人讨厌。她就是那种你很难去讨厌的人。旆蒙过去，坐在她对面。

牛油果鲜虾三明治和烤香肠端上来。大姐拿来两套餐具。"我要是请你一起吃，你会说你很忙吧。"煌仰脸笑嘻嘻望着大姐。

"我会说，这哪够吃。"大姐抛下这句话，掀帘进了厨房。

"吃吧。我听到你肚子叫了。"煌把食物推到旖蒙面前。

旖蒙没有客气，直接上手拿了一块三明治往嘴里送。咽下第一口后，反而比刚才更饿了，不由连吞带咽飞快吃起来。真的是饿了。原来这一天只吃了早饭。所以现在即使旁边有人若有所思打量着她，她也不打算修饰自己的吃相，毫无顾忌地狼吞虎咽着。她听到煌又点了两杯苹果汁。其中一杯应该是给她的。她抬起头用目光道谢。对方轻轻挥手，仿佛撩开烟雾。

"吃吧。我喜欢看别人吃东西。"她说。旖蒙拿起第二块三明治。

"你住在岛上？"煌说着，掏出烟点着。烟的味道温和柔顺，带着特殊干草香气。旖蒙点点头。

"我看看可以吗？"煌说着右手去够旖蒙放在桌上的相机。大姐端来果汁，放在她和相机中间。"里面不能抽烟。"大姐说。

"你的店居然禁烟？"煌笑了。

"这是规矩，开业第一天开始就这样。"

煌的笑意更深了。咧开嘴，却没有声音发出。她盯着大姐的眼睛笑着把烟摁在地上掐掉。"我走的时候，她还没开这家店呢。"这句话她是对旆蒙说的。

大姐不接茬，用拇指食指捏起这半支烟，准备扔掉，走出两步，又回头，她问旆蒙是不是今天也在这吃晚饭。旆蒙说是，我们约好的。大姐没说什么。

有一阵，谁都没有说话。煌低头把玩着相机。相机在她手里格外趁手。

好相机。煌再次赞叹。

旆蒙擦掉嘴角的色拉酱，喝下一口苹果汁，说："我知道这是好相机，也知道这相机以前拍过好多你的照片。"

煌抬起眼睛看她。

旆蒙以同样平静的目光迎向她。"我见过你的照片，很多张。二楼的大厅里全是。"煌脸上的笑容在那一刻发出浮冰般的光泽。"二楼。你住在光屋？"

"借住几天。正打算搬。"旆蒙低头擦了擦手，说："你看起来和照片上一样。"她说谎了。但没有关系。

她抬起头，看到丁未推门进来。他朝她们看来。表情并不吃惊。

看来大姐已经打电话告诉了他。丁未，一边和其他熟客打招呼，一边走到他们这一桌。他想了想，和煌打了个简单的招呼，好像她是熟客中的一份子，长年都待在这岛上。

煌冲他点点头，回应着他这份平和的招呼。她问他吃什么？丁未看了看盘子里狼藉一片的食物，问旖蒙是不是已经算吃过？旖蒙回答说她太饿了，所以先吃点垫肚子。丁未问她还要不要再点东西吃？旖蒙说吃不下了。丁未的目光回到煌脸上，远比第一次要犹疑。他站起来，告诉她们他要去点餐。旖蒙说好。煌说她要加一杯黑咖啡。丁未去了。旖蒙瞧着丁未的背影，咬着嘴唇不说话。

煌在旁边问她是不是职业摄影师。她回说不是。她是这里的服务员。不过今天她休息。那么你呢？旖蒙问。煌的脸在灯光下变得模糊。那么你呢，旖蒙又追问一遍。我很久以前在这岛上，后来离开了，现在回来看看。煌这么回答道，她说话的声音极为平淡，仿佛是在背诵一个烂熟于心的答案。她看见旖蒙的杯子空了，就把她面前的杯子推过去。她说她没喝过。旖蒙知道她没喝过。她压根没有动桌上任何食物。旖蒙问她是不是觉得这里的吃的不好吃？煌说不是。她只是现在特别想抽烟。旖蒙说她看着不像有烟瘾的人。煌不禁失笑。这次是真的笑了。她说她的确不是。旖蒙问她离开这岛之后到过哪些地方。很多地方。煌说。她抬头看了一眼端来咖啡的丁未，转而眯起眼睛继续打量着旖蒙。突然她点头笑起来。她夸旖蒙有意思。她说这种时候别人通常会问我为什么离开这里，或者为什么回来。你却问我到过哪里。你真有意思。

旖蒙避开她的目光辩解说她只是不会问问题。她很有意思，是不是？煌转身问丁未。

丁未没有回答，他望着煌，望着面前这张面孔，那目光深远寂寥，如同海边的灯塔，无差别地落在不同时候的海面。此刻，他所注视的远方，即没有大海，也没有天空，只有横亘在两者之间巨大的裂缝，仿佛他和被他看的人都已经死去多年。

即使大姐不叫她，旖蒙也知道自己该起身离开。她默默从他们中间退出，挪步走到大姐面前。

大姐做了个抽烟的手势，猫腰钻出柜台，不顾空中飘飞的雨丝大踏步走到外面。

旖蒙跟了出去，站在屋檐下看着大姐。

大姐瞟了她一眼，低头点烟。烟怎么也点不着。火苗颤动了好几次又在雨水中湮灭。

旖蒙走上去拿过烟和打火机，回到屋檐下点好烟，拿在手里。大姐愣了一下，上去接过她递来的烟，深吸一口，对着天空长长吐出一股白烟。

"没想到。"大姐说。

旖蒙点点头。她也没有想到还会有这么一天。她居然能为别人做点什么。

"你之前见过她的照片吧。你们楼上。"大姐问。

"嗯。楼上。"旆蒙纠正道。她感到不安和冷，好像在雨里站了很久。

大姐一口口狠狠地抽着烟。她没有再说话，直到抽完烟。旆蒙想那应该是个很长的故事，否则大姐不需要一根烟的工夫来理清头绪。其实不必那么麻烦。其实不必告诉她。但是她错了。那个故事简短得出奇。前半部分和旆蒙猜的没有太大出入。两个漂亮小孩青梅竹马的故事。丁末和煌从十二岁时就在一起了。那年丁末跟着父亲来到岛上，住进他父亲设计建造的光屋。他转到岛上唯一的中学。在那里遇见煌。没有人记得他们确切在一起的时间，好像打他们遇见之后就立刻变得形影不离。丁末的父亲经常不在国内，煌的父母早早就采取了放养政策。他们成了彼此的亲人，互相照顾彼此，一起上学，一起逃课，一起找更大的野孩子一起撒野，玩累了就一起回光屋。那个时候的他们，耀眼得让人觉得恐怖，仿佛人类始祖亚当夏娃，又仿佛末世里代表人类最后希望的两个孩子。他们两个，仿佛就是一个完整的世界。即便和他们玩得再好的朋友，也会在内心深处多少明白自己的多余。但是岛上逃课的孩子们都喜欢找他们玩。煌疯得像一匹野马，带着所有人通宵达旦地玩乐。一年秋天，他们一群人去山上露营。有个小女孩的钥匙掉进溪里，丁末跳进溪里帮她捞了回来。当天晚上,他发起高烧,也没太在意,吃了药第二天稍微好点后继续和大家一起喝酒胡闹。一个星期后下山的路上,他昏倒被送进医院,没有检查出什么问题。丁未那时候应该才17岁。没有人觉得会有什么事发生在他身上。等到他频繁失去意识,医生建议做全面检查。检查结果是由心肌炎导致扩张型心肌病。没人听说过这病。大家以为最多一年丁未就能康复继续和他们一起疯玩。听完医生说明病情时,才知道——

原来丁未随时会死。过劳、心情激动、睡眠问题,他会因为其中任何一件事而猝死。

所有人中,煌是最镇定的那个。她静静听完病情说明,又向医生确认了几个细节,然后就去收拾丁未住院需要的东西。有人说,好像丁未手术的家属同意书也是煌模仿丁未父亲签的。那天之后,煌像变了一个人。不过说起来其实这件事后,所有人都变了。在宣布丁未病情的短短几分钟里,这群顽劣的年轻人第一次被近距离暴露在死亡的辐射之下。丁未可能是他们身边第一个死去的同龄人。在那之前,死亡一直面目模糊,离他们十分遥远。死亡一旦变得清晰,少年时代也就真正结束。

他们的少年时代以这样意想不到的方式骤然告终。

煌迅猛完成了蜕变,从纵情狂欢放荡不羁的野孩子变成忘我投入的看护。她尽心尽意地照顾着丁未,严格按照医嘱，不容一点差池。她不但抛下了以前的自己，也抛下以前的玩伴，拿出远远超出实际年龄的务实和干练，全部投入到丁未的看护中去。

"她做什么都做得很好，可你就是觉得哪里不对，从原来这样变成现在这样，好像舞台上一个华丽转身，哪一个她都光芒四射。让人不安的光芒四射。"大姐声音渐渐微弱。"你知道那种感觉吧。太耀眼了。"

"后来呢？"

"有一天丁未突然休克，送进手术室抢救了很久，好不容易抢救回来。等他醒过来后，发现煌不见了。没有谁知道她去了哪。能找的地方都找过了，电话打了也没人接。医生说最后一次见到她是在急救室门口。医生还说，她看上去特别害怕。丁未没有再说话。他躺在床上，睁着眼睛，什么话也不说。不管发生什么，不管谁跟他说什么，他都不开口，仿佛一下子失去了说话的能力。谁都知道，他在等煌，那样子一直等了七天。煌没有出现。到第七天，他动手扯掉了身上的起搏器。"

大姐弯腰用脚碾灭烟头，捏着烟蒂推门进了屋。

"一样的。丢下病人这种事情几乎每天都发生的。"
"你有没有想过，我可能一直就恨着他呢。丢下他就是因为我恨他。恨他恨得要死。"

付远在场的那次酒局，在屋外，丁未和旃蒙彼此说了这样的话。从他们口中说的话并不能立刻被对方理解。那是为未来的对方预备下的话语。无限惆怅的漂流瓶，顺时间之流，摒除希望，希望是杂质，必须摒除，完全绝望的放逐，将话语放逐到将来的某个时间点，那些话或许会被重新开启，在那里被豁然领悟。

现在，旃蒙终于来到这个"未来"。不单这些话语，迄今为止，丁未的沉默和怪癖，丁未的固执和妄为——正是这妄为将海豚和旃蒙卷入进他的生活，都有了解释，呈现在旃蒙面前。

旃蒙站在原地，默默品尝着临渊而立的战栗。大地在她面前裂开，岩浆喷发奔涌。硫黄味的灼热气息扑面而来。她在地狱之上。一直以来都是。

"喂，来喝一杯怎么样？"有人大声叫她。

旃蒙循声望去，看见煌向她高高举起酒瓶。琥珀色的液体随她细长的手臂剧烈摇晃。

旃蒙从吧台拿来冰筒和四个空杯。

煌正在对丁未说着什么，看见旃蒙来了，停下来爽快地接过杯子冰筒。她问怎么是四个杯子。旃蒙说还有大姐。煌点头说好，给三个杯子倒上了威士忌并加好冰块。丁未瞧了瞧自己的空杯子。煌拉住他的衣袖说芒果汁其实不错的。丁未起身去吧台，端了杯果汁回来。煌踢掉鞋，盘腿坐在椅子上。她告诉旆蒙,丁未刚才问了一个和她一样的问题。旆蒙问是什么问题。煌说丁未问她去过哪些地方。旆蒙心想丁未不是更应该问煌为什么离开吗?为什么离开或者为什么回来。为什么在哪个时候突然离开,又在这个时候突然回来?他们,他和大姐不是应该问这样的问题吗?煌在旁边大喊,原来是冲着柜台挥手要大姐加入他们。大姐端来下酒的小食压低嗓门说还有客人要照顾。煌咧开嘴。她的牙齿微微闪光。她说,把他们都赶走怎么样。

还从没有人用这么轻慢的口吻和大姐说过话。然而旆蒙吃惊地发现事情确实按照煌的意愿发展。大姐开始交代员工们准备打烊。店门口已经挂出了close字样的牌子。

丁未说她一直就是这么任性。丁未说话的时候盯着自己的杯子。旆蒙知道他说的是煌。而煌像是根本没听到这句话似的,歪着脑袋等大姐过来。没多久,大姐来了。

煌环顾一圈,开心得击掌。终于齐了,她说。

旆蒙想起刚才大姐说的话,现在她确切理解光芒四射这四个字的含义了。和刚才在路上偶遇时的状态迥然不同,煌在见到熟人之后变得耀眼起来。在这强烈的光芒下,旆蒙不由微微闭上眼睛。即使眼帘也挡不住这光芒。连耳膜都感受到这份光芒的白色噪音。嗡嗡响个不停。她感到疲倦,希望能早点回去。累了?想早点回去。丁未问她。旆蒙没来得及否认。煌已经站起来高举酒杯。来。她说。祝酒词出奇简单，令旆蒙有些意外。她并不华丽。的确，一个始终在路上的人首先要丢弃的大概就是无用的华丽。旆蒙心不在焉地碰了杯，喝了一小口，坐回椅子。她希望煌不要频频祝酒，令她忙于起身又坐下。一天山路走下来她真的累了。如旆蒙所愿，煌没有再举杯祝酒。又一个意外，和想象的不同，煌并不是豪饮派。她喝酒的方式朴素自在，一口口慢慢浅酌，不痛饮，也不劝酒。煌察觉旆蒙的目光。她瞧了瞧旆蒙杯里的酒。旆蒙抢在她前面说自己品不出酒的好坏，所以也很少喝酒。煌扬起脸，瞟向她的目光闪烁着讥诮。啊是吧。她不加掩饰的敷衍着。她并不在乎旆蒙喝没喝酒。

刚才说到哪了？煌问丁未，一边打开包外侧的口袋，拿出一个半透明塑料盒，打开其中一格的盖子，往手心里倒了五六片药，拿出小孩子吃糖果的劲头一口吞下。

大姐问她在吃什么。

她回答说是维生素。说到这里她突然莞尔一笑，流露出几分媚态。我要保重身体。她望着同桌的人补充道。

刚才说到哪？她又问丁未，不等到他回答就重新接过话。对了。我跟丁未说几年前我去了英国。明明是夏天，却冷得要死。该死的雨天。后来去了约克。中世纪是卖羊毛的地方，到现在，街道两边的建筑都是中世纪风格的，偶尔还能看到罗马人和维京人留下的遗迹。有一个酒吧,好像是肉铺街上。那个酒吧,你们猜以前是干什么的?——它曾经是一块墓地。不知道什么原因,变成了酒吧。那些死者怎么办呢?活人总是有办法安置死者的。我问老板那些死人后来怎么办了。老板耸耸肩,告诉我说他们仍在纪念他们。他让我往地上看。酒吧地面是一块块大石板组成。仔细看,可以看到大石板上刻着一个个死者的名字。石板经年累月被冲刷清洗,仍旧泛着油腻腻的光。即便如此,在昏暗的光线下,那些死者的名字清晰可见。你看,在那里,活人们用混合着脚印呕吐物食物残渣的啤酒来纪念死者……煌停下来,灼灼目光从众人脸上缓缓划过。她问他们,这是不是很妙?

荫蒙问那尸体呢?煌说应该还在原来的地方,在他们脚底下。她喝酒的时候觉得脚底石板砰砰作响,好像有人在下面彬彬有礼地叩打石板。最妙的是,并不是全部死者都被踩在脚下。如果死者足够有钱,他的名字就被挂在酒吧的墙上,免于被踩在脚下的命运。

只有荫蒙一个人笑了。不知道为什么她的确觉得好笑。充满黑色、令人发痒的金属笑意。

这么说我死后应该可以挂在墙上。大姐说。

不好说。大姐你要想法多挣点钱啊。你最不会照顾自己了。我担心你。煌双肘支在桌上,两个手捧着脑袋。

我饿了,还有谁要炸鸡翅?大姐起身去厨房,走了两步转身嘱咐他们换个话题。

煌笑着重复大姐的嘱咐。要换个话题呢。大姐不喜欢这个话题。

旒蒙给自己倒上酒,本来想要加冰块,忽然打消主意,试着抿了一小口,强烈的烟熏味直冲脑仁刺激着泪腺。她第一次喝不加冰的威士忌。以前都是和付远一起,他会为她加上两坨冰球。酒精被稀释到只有薄薄一层酒味。与其说是喝酒,不如说是吃冰。她又喝了一口纯威士忌,为了确证之前的感受。口腔和大脑一同炸开。接着一连串陌生话语不受控制地从她口中爆出,吐字清晰声音响亮,以朗诵的方式冲着桌面滔滔不绝——

不妨想想中世纪的绘画作品所表现的死亡场面:临终者的睡榻变成了国王的宝座,房屋门户敞开,人们纷纷涌入,趋前晋谒。进入现代以后,死亡被越来越远地赶出了生者的感觉世界。在过去常常没有一座房子——甚至没有一间屋子——没有死过人。

她抬起头,发现旁边两个人正在交换眼神。

煌转过脸,饶有趣味地瞧着她。她说,你很厉害嘛。丁未说,旒蒙。

煌说,旒蒙,讲个故事吧。刚才丁未说你是一个讲故事的好手。

旒蒙说,可那些故事都是假的。不如你来继续讲你去过的那些地方吧。

那这样好不好。我讲一个去过的城市,你来说一个故事。煌回道。

旃蒙说好。

啪一声,冰块落在杯底。慢慢喝,很贵的。丁未说着又在旃蒙的酒里加了两块冰块。

旃蒙想起排骨并没有这种威士忌,所以酒应该是煌带来的。她不由疑惑那个中等大小的背包装了一瓶酒之外还能装下什么。那么我先来了。旃蒙听到煌的声音传过来。她点点头,或者感觉到自己点点头。

忽然下巴被人抬起,她被迫与煌对视。煌对她说她不能醉。"我们需要你。让我们单独在一起会要了我们的命。"旃蒙推开她的手,站起来,又坐下。

这时煌已经开始讲起她路过的那个意大利南部小城市。至今她都不知道那座城市的名字。在开往索伦托的慢车上她临时起意下车,留在这个站台名都没有好好写的小镇。她似乎又提到中世纪,还有橄榄油、葡萄酒、圣母教堂、悬崖峭壁,那些词汇忽远忽近地飘进旃蒙渐渐昏沉的耳朵。而她想的是,要讲什么故事。

开始拍照之后,很少有什么事让她想起那些故事。她还以为它们和付远一起永远离开了她。她还以为她再也不需要那些故事了。旃蒙咬紧牙。但疼痛并没有出场。她和她的疼痛都谦卑地意识到，此时此刻，她们并不在剧本里。

但是旆蒙还是想讲故事。无谓的竞争心。她嘲笑自己。要是能当场昏睡过去就好了。

她发现所有人看着她，包括大姐。他们都在等她的故事。旆蒙没有准备好，但她必须说。那是一个和她一样不得不开口的故事。主人公被当作英雄，作为火星第二探险队队员，他满载荣誉回到地球。地球上的人们纷纷向他表示敬意，希望从他的只字片语里面获取火星家园的美好蓝图。他部分满足了他们的要求吧。在回家和家人团聚之前，这个男人必须做三件事。确切的是一件事，就是拜访他殉职队友的家人，向他们描述队员生前最后一刻的样子。第一个队员死于火箭发射造成的内伤，在没有窗户的密闭舱痛苦了几个小时才死去。男人告诉死者父母，死者死的时候仰望着漫天星辰像睡着一般长眠了。第二个人死于传染病，无人照料，男人告诉死者的未婚妻，他死前得到了最好的照顾。第三个因为叛变被处死，当然男人告诉死者父母的是另一个故事，一个荣耀他，荣耀他父母，荣耀所有地球人，荣耀整个火星计划的故事。人们都信了。故事的最后，男人带着一堆谎话启程回到家乡。假而美的火星图景。旆蒙叹息着，身体左右摇晃，最后向右倾倒在谁及时伸出的胳膊里。她被扶回椅子，端坐在那里。

她想起了最初。丁未惶惶不安，手握方向盘，却不知道将从漫长昏睡中醒来的她送去哪里?他们的宇宙飞船越飞越快……

睁开眼,她又眨了眨眼,明白自己正平躺在哪。黑暗像天鹅绒一样柔软,从眼睑上滑落。现在的黑暗更浅一些,伴随着剧烈的头疼,还有口干舌燥。模模糊糊记得有人断断续续地说话,声音盘旋在她上方。"到了海牙,在老城逛了几天博物馆,后来人们告诉我那里有海,坐有轨电车就能到。但我还是走过去了,两小时后,地图显示海在前面,可我只看到路尽头一排欧式城堡的酒店,商场。穿过马路,拐进酒店旁边的小路,只走到一半就能看见海了。尽管只是狭长街道望去,却还是吓了一跳。低地国家的海真是了不得。海像随时将倾倒过来一样。有人在冲浪,大部分人在海滨浴场边上的酒吧饭馆里。原来梅斯达格的海难里的海是真的存在的。粉色光洁的海滩,海风呼号着,只为呼号而呼号,云镶着银边,快乐无邪地涌动着,地面似乎向下倾斜着,海浪高高卷起,在引力作用下雪一般坍塌。看到那片海,我就知道坏了。那片海,就是尽头。我知道,我得回来了。"

所以,那片海是你转身前看到的最后一片风景。所以你回来了。

回到岛上,回到光屋。

之前发生的事重新灌入旖蒙的脑海,一直到她喝醉倒下为止。她不记得他们是怎么回到光屋的了。但这并没有什么需要记得的。一定是丁未把她带回来了。她大概是在路上吐过了。胃并不算难受,只是觉得口渴。想喝水,再刷牙洗澡。

支起身,翻身下床,脚尖触到冰凉的混凝土地板,猛地缩回腿。并不是地板的关系。旖蒙僵在那,惊疑自己是否真的醒来,或者只是幻听,第二次,那声响,透着酣畅淋漓的欢愉气息,从沙发那边传来时,她才明白正在发生的事情。接着,细小声音也若光中金色浮尘显现。窸窣声,喘息声,还有沙发弹簧垫被挤压时候发出不可名状的声音。煌的叫声再次响起,不顾一切决堤般要冲破已经颤颤巍巍的黑暗。

旖蒙悄悄回到床上。她当然知道是怎么回事。她早该知道这一切会发生。在她认出煌就是照片上那个女孩的时候,就应该想到。空气里隐隐飘来肉体和体液的味道。旖蒙屏住呼吸。她为什么要在这里?她到底是多愚蠢,愚蠢到将自己置于这种狼狈境地。也不是完全不能忍受。并没有什么需要忍受。忽然脑海中闪过可怕念头。正因为她在这里,所以他们才能这么疯狂地野兽般地交合。如果她不在,那两个人就不会像现在这样疯狂做爱。就像煌说的那样:"我们需要你。让我们单独在一起会要了我们的命。"

只有旖蒙在场,才能使得这两个人完整,才能使结合成为可能。

此时此刻，丁未显露出与其说是男性的肉欲，不如说是某种动物性。旃蒙想到他独自外出的夜晚。什么样的女人会和丁未上床？很久之前旃蒙就想过这个问题。她能想象他高潮时脸颊绷紧的模样，想象如果待在这个人怀里无论被抱得多紧都会寂寞的心情，想象过在高潮之后会比任何人都空虚的掏空感。毫无疑问，她并不嫉妒。在想象着那些女人的时候，她总是毫无由来地感到悲哀。

现在，她终于不必再为任何人悲哀了。

今夜，伴随着涨潮时海水涌上沙滩的呢喃，伴随着激涌连绵海浪般的喘息，这座岛上正在自行生长愈合，崩裂的礁石，倾斜的棚屋，被闪电击中的杉树，淤堵干涸的河渠，桅杆倾倒的弃船，公交总站坏掉的路灯，幼儿园油漆剥落的滑梯，送货大哥的瘸腿，大姐眼底沉静的苦涩，还有丁未和他锁骨旁的伤疤。在这个夜晚，岛上所有一切将获得前所未有的纯粹完满，再也没有一丝残缺，没有一丝杂质。也再也没有容纳她的罅隙。

旃蒙蜷缩成一团，黑色旋转令人发痒的金属笑意再次攥住她。她钻进被窝，死死咬住被单，不让自己笑出来。她觉得自己就是一颗给别人带来幸福的四叶草。

毫无疑问，她是那种能轻易屈从习惯的人，毫无意志力可言。

第二天醒来，旆蒙仍然和平时一样早起，去暗房冲印照片。尽管那天的照片因为一时走神，过曝了。她并没有因此气馁。迅速收拾好东西，下楼去吃早饭。

照旧吐司樱桃酱、照旧两人份、但是丁未没有起来。旆蒙并不在意。她只是严格按照细化到每个动作的生物钟来运转身体，将今天活成昨天的翻版。哪怕吃吐司的时候，发现面前多了一杯咖啡，也没有令她分神。她碰都没有碰那杯咖啡，好像咖啡并不存在。

"你要假装到什么时候？"煌挡在旆蒙前面。

只差双手叉腰就可以变身为动漫女主角了。旆蒙心想。

有生以来旆蒙第一次对他人心怀这样幼稚的恶意。她立刻察觉到这点，自己都吓了一跳。这太不像她了。

"你要假装看不见我到什么时候？"煌响亮地重复问题。

声音在屋子里回荡着。这个女人与生俱来拥有一种可怖的天赋——真诚，不容回避的真诚。

旆蒙开始退缩，不单是内心，身体也不由自主地向后退。"我看到了。"她说。

"咖啡。大姐说你最喜欢西达摩日晒烛芒。"

"太烫喝不了——我再不走就迟到了。给丁未吧。"

"他喝不了咖啡。"煌说。

"我要迟到了。"旆蒙猛地向斜刺里冲，被煌一挪步一伸手生生拦住。"干什么?"

"从今天起,我要在这里住下了。"

"你不用和我说。"旃蒙冷淡地回应。她把头埋得很低,低到没有人能看见她两颊通红。

煌摊手耸肩,侧身让出路来。"反正,现在你知道了。"

那天晚上,丁未开车来接旃蒙下班。车停在院子里,熄了火,灭了灯,和车上人连为沉默的几何形状,等候着旃蒙。

大姐正坐在靠窗口的位置对账,斜眼朝院子瞥去,扭转身子问旃蒙:"煌去了光屋?"

旃蒙不免惊讶,惊讶于大姐是怎么从眼前的事实猜到煌在光屋的。她点点头。

"现在还在?"

"她说要住上一段日子。"

"一段日子。"大姐冷冷哼了一声。又过了一会儿,她重重放下账本,对旃蒙说:"你要是想的话,可以先去我那间公寓住一阵。"

"不可以。"一个声音抢在旃蒙前面回答。

谁也没发现煌是什么时候进来的。

她坐在餐厅一角,慢条斯理地拨开锡纸,咬下一块巧克力。"你搬到哪,我都会追过去的。你知道的对吧?"她口齿不清地说道。

"你昨天就不该把她领到这。"大姐对旖蒙说。

"不来这,我会直接去光屋。它又不会跑。"煌回应道。"大姐,你有话要对我说,就对着我说。不要假装我不在。我在这里。"

大姐板起脸,重新打开账本,不准备为任何其他事分心。旖蒙目睹这一幕,不由震动。原来不只是她,连大姐也是。

在煌面前,所有人都乱了阵脚,努力保守自己一贯的原则,却力不所及,唯一能做的就是勉强掩盖他们的慌张和退却。就连大姐也是。一旦明白这点,旖蒙反倒镇定下来。她开始以局外人身份重新评估眼前情势。所有此刻正在发生的,只关乎过去,是七年前煌失踪后的续写,与现在无关,与她无关。说到底,那是他们这些人和煌之间的事。

她置身事外,大可不必在意他们之间的暗流涌动。

"你在想什么?"煌似乎察觉到什么,向她微微露出牙齿。旖蒙心想,我已经无须去判断这表情到底是何意味了。她感到格外轻松。"没什么,你不需要知道。"她答道。

煌愣了一下。旖蒙的回答虽然直接,却纯粹,因而也激不起敌意来。"回去吗?丁未在等你。"

"你们回去吧。今天天气好,我想走走。"旖蒙继续把椅子翻到桌上。她听到脚步声远去,隐没在院子里,继而响起车子发动的声音，车灯从墙壁上恍然一晃。不一会儿，五菱就走远了。当车子的马达声和轮胎碾过沙土的声响远去时，真正属夜的声响立即涌回，填满五菱留下的空寂。远处不倦的海浪声，风声，满山橄榄叶稍摆动，沟渠微小的流水声，还有——虫鸣。以及到了可以听到虫鸣的季节了。

旃蒙出神地听着，她从来没有如此侧耳倾听这个岛上的声音。无法测度的万物之声。沁入旃蒙的心田，激起一丝清凉甘甜的味道，一丝难以言喻的惆怅。

在瞬间中结晶的某物即将涣散，涣散为名为遗憾的美。

收工从排骨出来，将要过马路的时候，旃蒙顿住脚步，愕然望着路对面街灯下的身影。她没有料到煌会等在门口。宽大的黑色衣摆在路灯橘黄色的灯下翩翩飞起，仿佛稍不留神，就会被吹跑，消失在湿润温暖的夜色里。

"天气真的不错，我也想走走。"煌望着路延伸的方向朝她走来。

"是啊，快夏天了。"旃蒙把遮住眼睛的散乱碎发捋到一边。"走吧。"煌站到她身边，又重新回到陌生旅行者的亲切模样，唯独在她投向旃蒙的目光里微微有些异样。与其说多了些意味，不如说少了什么。比如一些鳞片。

她们再次并肩走在公路人行道上。走到岔口，旃蒙带着煌离开公路走上山路。

沿着路下到半山腰,有一条废弃不用的隧道,直通山的另一边。她是在山上拍照时无意发现的。抄这条近道回光屋可以省下至少一半的时间。白天的时候,借着日光洒落叶间的稀疏光线。她独自走过几次,像这样在浓重夜色里前行还是第一次。

白日里寻常的风景,在夜晚忽然呈现另一种凶险的样貌。山石如此,年轻的杉树也是如此,树皮隐隐泛着恶意的白,树根虬结于地面,深深插入石块间的缝隙,成为最坚决的绊路者。

旖蒙打开手电自觉到前面探路,每一步都迈得缓慢扎实,避开打滑的路面,还有绊倒人的藤蔓。路在前方被一道陡坡拦腰截断。陡坡由高低错落的巨大山石和碎石堆叠而成。巨石上面布满鲜绿色的苔藓,异常滑腻,而碎石根本经不住力,稍微一踩就会下滑,这段路需要手脚并用从巨石上爬过,非常难走。白天勉强还行,现在……决定抄近道的时候,她把陡坡忘得一干二净。旖蒙还在兀自后悔的时候,煌已经超到前面,利落地在山石上找到一个稳妥的落脚点,身姿矫健地开始攀爬。

"我们两个里,我才是那个在这个岛上出生长大的人。"煌的话奇妙地与她的肢体同步着,个别音节随躯体伸展而拉长,另一些音节则在她腾挪跳跃的瞬间爆发出短促有力的声响。

斿蒙站了一会儿,去理解这句话,煌是对的。如果她们中间有一个是外来者,那个人绝对不是煌。被斿蒙当作秘径的山路,就在煌的体内,随她漂泊,同她一起壮大。如今只需要一点微光,便能见着。

她是这岛屿的孩子,受岛屿莽荒之力哺育,被放逐多年后又返回,于微醺的夜风里显露出真形。此刻的她,攀爬山岩,如同行走平坦大道,轻松自如地伸展四肢,手脚往哪里一放,哪里就有着力点,不用眼目张望就知道下一步该如何行动。这树木山石无不在合力配合她的气息动作,为她效力。

斿蒙笨拙地跟在后面,眼前偶尔闪过煌的脚跟。手电变得碍事。但好歹靠着这点光亮可以往上爬(煌或许是在为她带路。但是斿蒙清楚煌的引领对她而言是无效的。煌的路不是为她预备的。她这样的外人只能咬牙自己上),斿蒙靠着手电的光亮狼狈不堪地往上爬。一不小心,手电从手里滑脱,掉在脚边不远,她准备蹲下去够,右脚一吃力,脚下的石头立刻松动,斿蒙抓起手电,慌忙再向上一步,踩到岩壁突起处,稳住身体。只听到下面的碎石连带碎石,滚落下山崖。滚落声不绝于耳,回荡在脚下无底的黑暗里,仿佛有一道看不见的深渊在今夜被打开。

直到爬上坡顶,那声音都仍然隐隐在斿蒙耳畔作响。

但好歹是重新回到土路。旖蒙松了口气。这一段山路狭窄却平缓，靠人踩踏而成路径缠绕扭绞在山间。大树参天，遮蔽天空，树叶与树枝从四面八方横生在她眼前，并不具有明确的轮廓，一团团莫测难辨的黑影，却实实在在地缠绕牵绊划破她。旖蒙心里发毛。这个寻常夜晚莫名从她手里溜走，变得不可预测。她想尽早结束和煌的独处，尽早回到光屋。

注定要发生什么。曾经熟悉亲切的山林黑沉沉地注视着她，充满敌意。

"要不要去看瀑布？"煌掉转身问她。她的眼睛荧荧发亮，好像顽劣的潘神。在她身后古老的树木立着黑压压一片。

"什么？"旖蒙猝不及防。"瀑布，要去看看吗，就在附近？"煌贴近她，压低着声音说道。

瀑布。当然，旖蒙记得。这附近有一道小小的瀑布，几股白缎般的水流沿石壁飞落而下，汇入山涧向山下奔流。她喜欢它娟秀活泼的姿态，有时还会特意绕路来到瀑布待上一会儿。浸没在喧哗迸溅的水声里。世上所有的水声都是相通的。他们一定在某一无名之处汇合。即使不能被带往那里，只是小心翼翼聆听着，不惊动什么，就很好。旖蒙从未想到，会有这样的一个夜晚。在这个夜晚里，有人将带她去看她的瀑布。

旖蒙轻轻发出一声惊叹,或者是叹息。"瀑布啊。"她说。

先是山涧迸流的自由自在的声音,再是扑面而来的水汽,土腥味也愈加浓重。然后,就是瀑布了。跟在煌后面,没走出多远,之前被遮蔽、连声音都隐匿在黑暗里的瀑布,毫不犹豫地向她们现身。它在月光下,阴郁莫测,完全不是白天的样子。旖蒙屏住呼吸,吃惊地望着面前半明半暗的水流。

也许真的存在着这样一道门,跨进去,世界真实面貌就会向来者敞开。而瀑布,只在这里存在。

煌欢呼着,张开双臂,鹿般在山石上跳跃,几下就来到瀑布下的池子边上,屈身将脸浸入池中。"好凉。"她大叫,飞快地仰起脸,晃动脑袋。她还想说点什么,却似乎一下子忘了。词语连同脸上的快活劲儿一起被抽走。她忽然安静下来,也不顾脸上残留的水珠,蹲伏在原地,出神环顾四下,那些被月光照到的地方,那些没有被月光照到的地方。"我们以前常来这里。"她说。

水声盖住了她的声音。

"你说什么?我听不见。"旖蒙大声问。"我们以前常来这里。"煌站起来喊道。

我们。然而旖蒙无法想象丁未出现在这的情形。她认识的那个男人从来不走山路。他甚至不爱出门，守在那栋混凝土浇筑的房子里，那栋明明叫作光屋却昏暗不见天日的房子里，沉迷书籍与游戏，生怕睡着后再也醒不过来。也许还在无望地等着什么奇迹发生。

"水舒服吗？"旃蒙问。"下来试试。"

旃蒙走到河边，把手探进水里。"舒服。"她说。

煌晃晃悠悠跳上一截倒下的树干，张开双臂保持平衡。"你不喜欢我提以前的事。"她说。

"有吗？"旃蒙反问。

"没关系。那么多年了，我早就不记得来这儿的路了——岛上的事我都忘得干干净净。"

"我们只是迷路碰巧经过这里。"旃蒙回。"一个巧合。"

"一个巧合。"

煌咧开嘴，一个笑的预备。她低下头，站姿奇怪而生硬。忽然脖颈猛地一沉，猝然弯腰，但来不及了，从张开的嘴巴里涌出黑乎乎湿滑一块。再抬起头，胸口那的衣服湿了一大片。旃蒙感到周围的夜色受到了惊吓，被浓烈的难以分辨的苦痛驱散，涟漪状不断向外扩散。

"糟糕。"她冲旃蒙笑，"他非逼着我吃点什么。小半块布丁……"

"愿小布丁安息。"旃蒙说着摸出纸巾递给她。

煌没有接。她缓缓转身迎向月光，动手一粒粒解开扣子，轻轻脱下外套。然后是衬衫。最后剩下背心，她瞥了一眼旖蒙，拎住背心领口轻轻一提，那白色单薄的棉织物从她身上脱落，好像一片羽毛。

或者是雪。

在那下面，几乎什么都没剩下。

在集中营或者难民营的照片里，旖蒙见过骨瘦如柴的身体。没有脂肪，没有性征地赤裸上身。肋骨悲惨凸出，几乎刺破胸腔。身体不过是像一堆骨头标本。但这具身体不一样。此刻不顾山中寒气裸露在月光下的这具身体并不悲惨。它没有生命特征，也没有求生欲望。或者说人类所有在世的欲望都从这具身体上洗除净尽。它已经停滞在某一时刻，已经在死亡中净化，凛然不可侵犯。

森森白骨。

无机物的永恒。

果然，宽大的黑色衣服最适合她。旖蒙如此想道。"我吃不了东西。除了黑巧克力。"

"黑巧克力是好东西，提供卡路里。"旖蒙说。

"对，还有维生素。"煌说。

她想活下去。

她感觉不到饿。当她意识到很久没吃任何东西时，她告诉自己要吃点什么。然而这个问题一经提出就失去意义。没有任何答案和回应,沉没在她身体深处的自足。她不需要任何东西。她的身体拒绝任何食物。

可是,她想活下去。只有活下去,才能继续惩罚自己。

——旃蒙知道这些。

"你和我,我们是一样的人。你的事,丁末都告诉我了。"煌说。

真空般的寂静。在太空中。又冷又死寂。安静到能听见血管里血液在流动。但是,连血液也冻结了。宇宙服下面和宇宙一样冷。宇宙很冷。远处恒星在燃烧。血液流动的声音像流沙流水声呢?瀑布在月色下阴晴不定。瀑布在阴间。阴间的月光落在瀑布上。瀑布流泻着阴间的光芒。

旃蒙从亿万光年外收回目光。煌就在身边。

她说:"别介意。大姐不是把我的事都跟你说了吗?这样才公平。"

轮到旃蒙笑了。"这样才公平。"

"我们自私又无耻,丢下病人不管,任他们自生自灭,我们犯下了滔天大罪。"

"罪孽深重。我抛下了父亲,你抛下了恋人。"

"我们犯下了同样的罪。"

"不可饶恕。"

"无期徒刑。"

"可为什么?"

"什么?"

"既然犯的是同样的罪,为什么你能这样理直气壮跑回来,对所有人颐指气使?"旖蒙闭紧嘴。太晚了。话语脱口而出,不受控制。这个夜晚,这个莫名从她手里逃脱的夜晚,正扭转着滑溜溜的身体,向她逼近。事情在失控。她和煌一定是疯了。只有疯子才会那么说话。

煌爆发出一阵大笑,裸露的身体前俯后仰。"为什么呢?"她反问旖蒙。

旖蒙挪开视线,不敢看煌,也不敢看自己。这个问题,只有她知道真正的答案。她说这话的时候觉得自己就是一个故意失手的杀人犯。

煌还在笑。笑得像高空夜鹰一头扎下又腾空飞起,笑得世上颜色都绽裂,笑得将夜晚震碎,碎成一粒粒黑色坚硬的颗粒。忽然,笑声被凭空扯断,留下一段带电流的静寂。

旖蒙朝树干上望。不见煌的身影。只有煌刚才脱下的衣服皱巴巴搭在那。

旖蒙甚至都没有听到落水声。她愣愣地望着煌曾经站立的地方,还有微微漾动的水面,一个犯人刚刚逃离的现场。

犯人刚刚逃走,和这个夜晚一起。

这个夜晚,再次抽身离去,再次逃逸,从旖蒙的手心里悄然滑走。

13、拼图板块的碎片

"吃吗？"煌问。

旃蒙摇头。他们缩在一块巨石的背风处，轮流用煌的衬衫擦干身体。

煌已经生起火，坐在边上嚼起巧克力。火光映照下，那张脸明丽动人，没有一丝阴霾，就好像露营的学生。旃蒙望着身边若无其事的这个人，庆幸自己至少是脱了外套和裤子才下水的。

连下水这件事都纯属多此一举。按照煌的话，刚才她只是失足掉下水。以她的水性，很快就能够上岸。旃蒙的确也考虑过那种可能，有过短暂的迟疑，然而她还是跳进冰冷的山涧中去打捞煌，打捞她们曾经犯下的同一罪行，打捞这试图逃逸的夜晚。

那瞬间，她觉得什么完全失控了。原本缓慢解体的生活骤然分崩离析。来不及感受更多，就在水中了。

直到在水中抓住煌的身体，才感觉得到多少重新恢复了控制，被她紧紧握着的，不是谁的身体，而是那些碎片，也许可以奢望是拼图板块的碎片。

煌说她的脚崴了。旖蒙朝脚踝望去，的确如此，踝关节肿出一大块。

"吃点吧，提供热量。"黑巧克力再次被举到面前。旖蒙没有再拒绝，掰下一块塞进嘴里。她太冷了。

"接下来怎么办？"她并不是在发问，只是想说点什么。煌的脚崴了。踝关节肿胀得厉害，短时间没法再走路。

"你回去，告诉丁未我在这。他能找到的。你知道那个隧道吧，从那一个小时也就到了。"煌回答道。

也许她在落水前就已经想周全了。也许——不重要。重要的是她知道如何照顾自己，如何活下去。你需要掌握更多生存技巧。旖蒙对自己说。

"怎么？"看到旖蒙呆立不动，煌问，"你有手机吧？"

"对哦。她们说你不用手机。给。"煌从外套里摸出手机递给旖蒙，"试试运气吧。"

算是有运气。

手机有一格信号，她试着给丁未打电话。电话通了，她简要说了一下事情经过。

"就在——以前你们常去的那个瀑布。你知道吧？"她问。电话那边安静着，好久才重新有了响动。"嗯。"丁未回。"你们不要紧吧？"

"嗯，煌生了火。不过她说再过会儿也许会有雨。"忙音响起。那边已经挂掉电话。

旖蒙止不住屏息聆听，徒劳地想要捕捉这同一空间，却不被她接收到的声波，以及宇宙星际间那些无法探测到的电波。一同落入耳中的，还有春夜里山上诸多细微声响，起初零落遥远，渐渐汇聚成另一条河流，乐声般，震颤着春夜深山凉寒的空气。

"如果足够安静，是连虫子都会一起收声。那个瞬间——"煌只说了一半。火光在她湿漉漉的眼睛里跳动。

旖蒙坐回到她身边，盯着篝火上自己的衣物发呆。热气不断从衣服上冒出。这情形是不是与他们当时露营的时候酷似，他们也曾这么烤干衣物。也许丁未就是在这里落水的。旖蒙不愿再想下去。"我给你讲个故事吧。"她说。

煌笑。"你真喜欢讲故事。"

"还有拍照。"

"这次我来给你讲故事吧。"没有等旖蒙回答，煌清了清嗓子就开始讲了。与其说是讲述不如说是念诵。那声音前所未有的清朗。

"从前有一位万能的神。他领着他的子民进了旷野，又带领他们出了旷野到达流奶与蜜之地。有一天，他对他的最忠心的臣民说：'你吩咐以色列人说：你们过约旦河，进了迦南地，就要分出几座城，为你们作逃城，使误杀人的可以逃到那里。这些城，可以作逃避报仇人的城，使误杀人的不至于死，等他站在会众面前听审判。'"

旃蒙一震,隐隐猜出煌讲的是什么。果然——

"耶和华晓谕摩西说:'这六座城要给以色列人和他们中间的外人并寄居的,作为逃城,使误杀人的都可以逃到那里。''倘若人没有仇恨,忽然将人推倒;或是没有埋伏,把物扔在人身上;或是没有看见的时候,用可以打死人的石头,扔在人身上,以至于死,本来与他无仇,也无意害他。会众就要照典章,在打死人的和报血仇的中间审判。会众要救这误杀人的脱离报血仇人的手,也要使他归入逃城。他要住在其中,直等到受圣膏的大祭司死了。误杀人的才可以回到他所得为业之地。但误杀人的,无论什么时候,若出了逃城的境外;报血仇的在逃城境外遇见他,将他杀了,报血仇的就没有流血之罪。因为误杀人的该住在逃城里,等到大祭司死了。大祭司死了以后,误杀人的才可以回到他所得为业之地。这在你们一切的住处,要作你们世世代代的律例、典章。'"

煌停下来。话似乎讲完,但身体仍然还在诉说的过程中。她的双唇微启,就像那些忽然忘记自己要说什么的人那样,一时找不到没有任何语义或情绪与之匹配。

看上去脆弱无助。

旃蒙为她感到难过——原来她一直都在找她的逃城。或者说,至少找过。不像自己。

我从来没有找过我的逃城。因为没有什么能够宽恕我。

旖蒙心想。

IX 煌的话

煌：

那天晚上我跟她说了很多话。我像呕吐一样把所有话都说了。没有成形的，腐烂在内心黑暗里的，还没有出生的，都吐了出来。为什么是她？为什么我和丁未一样在这个女人面前丢盔卸甲，放弃所有挣扎，然后用各自最大声的方式嘲笑自己。

我们三个似乎被什么东西死死捆在一起。前方的列车正迅疾驶来。

那天晚上，我看见明晃晃的车灯。光刃穿透我们的身体。

14、逃城

"她讲了逃城的故事。"

第二天大早，在排骨当大姐向旖蒙询问昨天发生的事时，旖蒙这么回答道。然后她又想了想，虽然觉得丁未赶过来带她们回家的事无须赘述，大姐应该知道，但她还是简单说了一下。

离上班时间还早,她们俩有的是时间,于是慢条斯理地聊着昨天的事。大部分时候是旃蒙在说,一五一十地讲,平铺直叙。她不想去还原什么,但也没有需要逃避的。在这岛上,有一种化解惊险,将每日所发生的任何事件都归于细水长流般的日常。这是她过了那么久才领略到的,浸透无限哀伤的平淡,或许还是温柔。

尽管旃蒙早来了两个多小时,大姐并没有表现出任何吃惊,按部就班开始做营业准备,一边不咸不淡地交谈,直到昨晚的事都说完,也没催促旃蒙换上制服。旃蒙抬眼望大姐。厨房后门敞开着。春天早晨湿漉漉的空气慢慢晕到身上。窗外云层厚厚的。又不是一个晴天。

"大姐,我要走了。"她说。

大姐点点头。"你要我传话吗?有什么要说的?"

如果他们问起的话。旃蒙把这话咽下肚。她知道如果她说出来,大姐一定会骂她。眼前这个女人,是不会因为有人将要离开,就对她心软的。

"对不起。"旃蒙说。

大姐打开保险柜,从里面取出一张银行卡,交给旃蒙。"用不着道歉。这张卡上存着你的另一半工钱,密码是你第一天来这的日期——你还记得吧。"

"啊。"她突然有了积蓄。

现在她有了钱,可以离开这里,去任何想去的地方。旒蒙接了一杯水。冰凉的液体灌入嘴里,顺着食管流入胃和肠,在那里进入血液循环,被细胞吸收。这杯水因为染上了春天清晨的寒意和薄雾,意外获得水银的质地,带着旒蒙的身体微微下坠。一种肉眼无法鉴察的下坠。而她的骨骼闪闪发亮,连小指骨也是。旒蒙感到后脑勺微微作疼。

"啊什么。"

"这算一夜暴富吗?"

"出息。现在最想做的事是什么?"

"想学六面立方体魔方。"

大姐笑了。"是啊。那你现在可以买很多魔方。说起来,你在这也是学了不少东西。"

旒蒙点点头。她学了什么?也许应该带上丁未给她的那台相机。不,还是现在这样最好。

大姐拿起钥匙。"走吧。"

旒蒙笔直站在那,过了一会儿才明白过来。她放下杯子,跟着大姐走出排骨。

大姐开车带她去码头。尽管旒蒙没有行李,唯一带着的就是那张银行卡。一路上两个人都没有说话。没有来得及说话。对旒蒙而言,也没有时间去回忆,大概也就是眨眼的工夫,他们就到了码头。大姐转了个大转弯,把车停在码头大厅进口的正对面。

"别再回来了。"大姐目不转睛地盯着前面。

一粒海鸥粪砸落到挡风玻璃上,四处迸溅。

她在平城换掉了身上所有衣物。因为望见码头大厅镜子里的自己。里面的她,将泛白宽大的衣服堆叠在身上,随便扎着马尾,任由碎发散乱遮住面孔。奇怪的是,那道疤反而变得更加显眼。旃蒙冲着镜子笑,要是丁未在,会说她像是山怪。她决意将自己重新收拾,就去商业街最大的百货楼下等,等到开门,买了适合她尺寸的仔裤和T恤,换洗的内衣袜子,盥洗用品,一个单肩包。

下到百货公司一层的时候,不知不觉转到数据电器柜台。她立定在一排排相机前,神情严肃,仿佛要和正冲着她的镜头一决高下,惹得散漫的店员最后过来,问她有什么需求。十几分钟过去,来来回回一番谈话,令她明白原来像这样的地方,并不会有二手胶卷机出售。她来错了地方。临走前一个年纪大的店员给了旃蒙一个地址,告诉她那里会有她要找的东西。旃蒙点头道谢,恍恍惚惚走出街道,抬头看被大楼分割的天空,线条明快活泼,天空不再是无边无际不可捉摸之物。在城市里,许多问题都可以这般明快地得以解决。旃蒙深深吐出气。她醒悟过来,此时此刻的感受,就是被人们一直说得轻松。

店员说的店，距离商业街也就是二十多分钟的路。但一路摸索过去，却花去不少时间。只有在早餐点心铺里或者花园里闲散的老人有时间听完她的问题，再慢慢用相互矛盾含糊不清的口音为她指路。她最后还是自己发现那条小巷的入口，在一家烟草店旁边，被堆放的汽水箱挡住一半。旃蒙侧身穿过，向小巷深处走，两边每隔几家住户就有一家小店。她好像是被那些橱窗唤醒。一橱窗手指大小的精美瓷偶，黯淡蒙尘的马赛克玻璃台灯。接着，就看到那些被擦得锃亮的老相机们。不全是金属的，也有塑料的，有气势汹汹的双反德国相机，也有存在感近乎零的傻瓜塑料相机。其中有几台和丁未给她的那台相机模样相近，她吸了口气，站起来往里面打量。店里黑漆漆的，看不到店主人，然后店门是虚掩的。旃蒙想起来小时候连环画中总会有这样的店，昏暗古怪无人光顾，然而一旦推门进去就会有奇迹发生。当她想起这些时，心里那点小小的火星就湮灭了。

她并不需要一台相机。

她去了火车站，仰头望着不断跳动的发车信息，选中她想要买的车次。三点四十，那趟车准时发车。旃蒙随便找了个空座位坐下。旁边座位的大婶问她下一站的到达时间？她不知道。她根本没听过地名。她也不知道终点站是哪？虽然买了去那里的票。她只是纯粹的，喜欢发车的时间了，并且不讨厌抵达时间。

这一次截然不同。与之前所有的逃亡都不同。她镇定从容，对未来有明晰打算。尽管并不具体到细节，却深知今后所要做的，仅仅是安静活下去。每一天都踏实过下去，也许心怀感恩。邻座的大婶问她多大。她在心里默算，要减去出生后在乡下被阿姆养大的年月，要减去在岛上的年月，她告诉大婶她一个可信的数字，又给出一个好教养的笑容，结束了谈话。她把脸转向窗外。火车玻璃上映出一张半生的面孔，挂着一样好教养的笑容。

她安全了。从岛上脱身，此时此刻清清楚楚地感受到曾经围绕她的弥漫光的云雾散开。向大姐讲述昨夜种种时，恍惚间剧烈阵痛，整个人一分为二，有一半被留在了那个凶险无以言说的漆黑夜晚。因为这样，那晚所发生的，被多少次讲述，都是安全的。除了当事人谁也无法体会的生了热病的极夜之光。随强风回旋不止又直坠地下。连同被当作人质永远留在那里的半个自己，被永久封存。

毫无疑问，她从此安全了。

再也不必惶惶不可终日，当列车抵达终点站，她会安心下车，然后按部就班地一步步在陌生的城市扎下根。虽然会有一系列繁琐麻烦的事情，但她足以应付。

15、新的人

她用了半年时间来熟悉这座城市，被城市浮皮潦草地接纳下来，像大部分永远不会属于这里的人一样。租了一间小公寓，打着一份不定时的临时工，随身携带手机。她编造出一个全新的人，新的姓名与过往，去掉一些经历，留下另一些。这种方法意外可信。不过无论老板还是房东，并不在意这些事，他们只是稍稍过问一下就将重点跳到更实际的层面上。

她的老板是精瘦的小个子，油润的小眼睛，平头黑框眼镜，爱穿窄腿裤，鲜艳的潮牌卫衣。作为半路出家的人像摄影师，在媒体圈厮杀出一条温饱有余的路。旆蒙作为他的助理，负责各种跑腿杂事和现场协助，从撑散光伞到测光，到修图。工作的薪酬不高，却非常辛苦，经常加班，随时都会被叫去干活。老板对编辑和拍摄对象是出了名的好好先生，只要提出要求他就会答应，经常会接拍摄条件恶劣的活，反复修图修到客户满意，再赶的活也接下，这一切当然最后都落到了身为助手的那个人的肩上。在旆蒙之前走了好几个人都是怨气冲天地甩手不干，而他之所以最后决定雇用旆蒙这样一个新手，也是因为一时间实在找不到其他人。旆蒙一旦接手，就一直做了下来。无论是重体力活还是通宵熬夜，都没有怨言。老板多少觉得有点意外，开始慢慢教她一点实用的修图技术。到了夏天，工作室里的修图工作基本上都交给旃蒙。

旃蒙喜欢这样的老板，单纯地喜欢。看着他的讨好迎合编辑与客户的微笑，看着他小小的算计与图谋，看着他面对漂亮拍摄对象时微微发红的脖子，以及痉挛似手指抽动按下快门。

那时候他是真的喜欢拍照吧。

老板和这个城市，无不让旃蒙平静与满足。工作的忙碌与疲倦，各人的谋生与经营，在她而言如同花朵芬芳般甜美。不会有人注意到她的平静与满足，更不会有人明白，她满心感激地接受下生活丑陋艰辛的一面。这世界是真实存在的，和岛屿不同。

有生以来，她从未如此安心，她也明白，她的未来已经和这世间牵绊，不会再有什么差池，成为芸芸众生中最灰暗最不起眼的一份子。每日工作，睡觉，偶尔出门。不希冀明日。被她抹去的，被她割舍的，那些都是她一生所要发生的事情。如今只剩下多余的时日。

她真是普通。普通又平静。唯一稍微特别的，大概只有一些无关痛痒的隐秘爱好。比如摩天轮。

是的，摩天轮。

即使这个，她也是在几个月后意识到的。

那天旃蒙跟着老板去了郊区卖场，采访一个有特色的手办店。拍摄结束后,她留下收尾。手办店的老板随意问了句平时喜欢干什么?旖蒙长长地啊了一声。窗外,明澈得几乎会随呼吸颤动的蓝色天空,不知不觉已经晕染上一点夕阳的红色,好像在天空某处一个察觉不到的伤口悄悄渗出的红。旖蒙望着这景色,不知不觉就说道摩天轮。店家听说旖蒙喜欢摩天轮,告诉这里就有。亚洲第一大。你该这么坐坐。陌生人向她露出爽朗的笑容。笑起来后仰的样子竟然和镇店之宝的半人高手办有点像。

老板没等她回答,就开始手绘去摩天轮的路线图。看着白纸上扭扭歪歪生出的线条时,旖蒙意识到自己已经变成了每个月都会去坐摩天轮的那种人。在连城,或者跟着老板外拍,如果看到摩天轮,她都会去坐。有时候还会特意去市中心商场楼顶,乘坐那里的摩天轮。竟然成了摩天轮爱好者。旖蒙暗自觉得好笑。她从没想过,摩天轮这样纯爱故事里的重要道具,会幽灵般浮现在她的生活中。她从未期盼,想象。那天在平城也是如此。她只是毫无防备地和丁未进到那里,平常得和乘坐电梯并无二致。这件事也和丁未并没有关系。不过是他恰好将她带去过那里。他同样没有怀抱那样的心情。

这件事本身不具备任何意义,只是碰巧一起做了,因此带上了往日的气息,让旖蒙在连城一遍又一遍体味。

是的,在连城,她坐摩天轮,用法压杯喝单品咖啡,大部分时候愿意待在阴影里。在连城她一直做着和在岛上一样的事。

斿蒙觉察到这点，安然接受下来，同时也接受下手办店老板的好意，拿上手绘地图去找摩天轮。

并不需要手绘图。只要走出门外就能看见马路对面那喜滋滋的庞然大物。在几棵棕榈树的映衬下，有一种乡下人的壮硕自在感。她准备上天桥过街。听到身后有人叫她。

她的名字在微凉的晚风里听来像是别人的名字。她回头，看见了易泽。

"随机挑选一个大型城市，然后在那里遇见以前的朋友。这种机率有多大？"易泽走到她身边问。

他还是老样子。一双眼睛快活得肆无忌惮地打量着她。"有人说过你这里长得很好看吗？"他伸出手，指尖滑过斿蒙脸上的疤。

斿蒙笑了。有些人生来被允许可以无耻。

"还是那么不喜欢说话。"易泽说。

"你怎么在这，是在这种乡下地方有演出？"

轮到易泽笑了。他捂住胸口夸张颤动身体。"太伤人了。我朋友在这里有一家乐器店，我过来看看。你知道我在连城的对吧，我姐知道，她应该提到过。"

斿蒙愣了一下。她不记得。

"我姐电话里说过你离开岛上了,我没想到你来这了。你现在是在连城吗?"

"我来这里,"旖蒙举起手向前,中途顺势向下,最后指着摩天轮下的冰淇淋店。"我是来吃这里的冰淇淋。这里的冰淇淋特别有名的。"

"请你。"他大步走到前面,突然掉转头问,"你真的不知道我在连城。"

"知道,其实我跟踪你有大半年了。"

他们好像多年不见意外重逢的朋友,一旦遇见,重要不重要的话都可以聊一下。易泽带着旖蒙在附近乱逛,走出商场人造的热带风情,沿着曲曲拐拐的小路,走进商场附近的居住区,又过了桥绕到更早的那片村落,两边渐渐都是两层高的老房子,门面老旧干净。他们断断续续地说这话,慢腾腾地走,不时被成群的学生骑车从后面超过。他们排成一列笑着摁着铃与他们擦肩而过,很快就变成火烧云下小小的深色影子。等到路灯亮起,天色完全沉青,路上零落几个晚归人。窄街上飘着烹煮食物的味道。但他们并不着急,仍旧不慌不忙地走着,随意跳换话题,像在说别人的事那样提到自己。旖蒙告诉易泽自己如何在连城落脚谋生,具体到某天和谁如何说话,说话时看到粉红色棉花团。那棉花团像极了曾经看到过的云。易泽会讲到他的新贝斯,认识的新朋友,也不回避过去,一点点带出去年带到岛上的乐队朋友各自的蠢事和趣闻。似乎有说不完的话。也似乎并不着急要说话。

这一次不同。他和她并不着急。他们都知道下一步会发生什么,易泽不再追问她为什么最后决定来到此地。然而这个问题,她的确问过自己,在望着他背影的时候忍不住就由问题浮现出来。然而,无论向着内心幽深晦暗之海凝视多久,她都无法相信她来这里是为了易泽。

但的确,如今她对他怀有不曾对其他人有的温存。

那天晚上他们走了很久,之后又回到大型商场随便找了家酒吧,坐在向海的大窗前面点了简餐。餐饭被端上来时,他们发现点了排骨的招牌食物。

培根鸡蛋汉堡,炸薯条,炸小鱼,三文鱼三明治。两个人相视一笑,将刀叉搁置一边,动手去抓食物吃。

"我可能会告诉我姐在这遇到你。"易泽又解释,"我和她经常通电话,我怕我不小心漏出来什么马脚。"

"嗯,你不擅长说谎。"

"你不会生气吧。"

旆蒙面无表情地望着船坞整齐停靠的一排游艇,默默想了一会儿。"说吧,不用瞒,我本来也打算安顿下来给她打电话的。"

"我姐虽然不说,但我知道她很担心你。她很少这么担心人。"

"再过一段时间,我会给她打电话。不过你可以先告诉她。"

"我试试先不告诉她。我要把你藏起来。"面前的男人忽然因为这件事变得兴高采烈,笑得和孩子一样。

那之后,易泽不时约她出去。尽管因为旃蒙工作上这边突发状况好几次令出行泡汤,但易泽完全不在意,几乎立刻兴致高昂地计划下一次游玩。

和易泽在一起时,那些不重要却沉重的事,也自然而然地变得轻松。

在旋转餐厅吃饭,等上菜的时候旃蒙却当场睡着也没有关系;花了一番功夫买到电影首场,她却迟到了一个小时才出现也没有关系;对他最喜欢的歌手表示无感也没关系。易泽给出的善意,可以辜负,可以不必郑重相待,那正是旃蒙所需要的。不用用心去体会,也能感觉出他身上的变化。曾经还在混沌状态,令自身也茫然无措的易泽的自我,不知道什么时候起有了清晰的轮廓。仍然是随意快活甚至轻飘的,却不再为别人的看法动摇,意志坚定地,将这样的弱点坦然暴露在日光下。比如重逢那天夜里他问旃蒙要手机号,得到后竟然立刻拨打电话当着旃蒙面验证她是不是说谎。

这大概不是传统意义的成熟。

也许他身边其他人会为之困惑烦恼,但在斾蒙看来,易泽本人似乎对自己长成这样感到由衷满意。

"多少是松了口气。没有长成和其他人一样的大人。"

那个人说完,扬起孩子气的面孔长长出口气,脖颈的血管在黝黑的皮肤下一跳一跳。

——他一定会这样说的吧。如此回应她的易泽栩栩如生,仿佛真的这么说过,而不仅仅只存在于她的想象。

但他们不会真的讨论这些。斾蒙把对话严格限定在日常琐事的框架里。只是细节,细节,细节,一些无法做出太多判断的碎片,并不是为了拼凑出过往完整的图景,而只是用一些声音去触摸,一次次触摸,他们共同走过的那些风景。

像风,像叹息。

"我们算不算在约会?"

两个月后的某天,易泽突然打电话问她。上来就丢给她这个问题。她愣了一下。

是了,我们已经不在岛上了。这里是大陆,一切都明晰不容置疑。斾蒙心想。

"算吧?"电话那边缠磨道。

"算吧。朋友之间的约会。"斾蒙说。

"一定是很特殊的朋友。"

"嗯,特殊到可以和他走很长很长的路。"

"说起来我们真的很能走啊。不过每次都是因为你那边有事，干不成什么最后变成随便走走了吧。没想到原来是你喜欢走路。"

"嗯，喜欢。"

那天晚上，他们一起吃了饭。易泽带旃蒙去他家里看他新买的贝斯。旃蒙去了，并且过了夜。

夏天第一场暴雨一连下了两天。仿佛世界末日般灰色瓢泼的大雨，雨重重砸落，天地万物包括天空大地都在重击下没了形状，湿淋淋的混沌。汪洋一片。以为这雨会一直这么下下去，感官上已经习惯甚至需要滂沱落下的雨，皮肤上潮潮的，眼里湿湿的，耳朵里一直想着雨水轰鸣落下的声音。

然后雨就停了。在某个时刻，从这个城市抽身而退。放晴的天光下，旃蒙听到了大姐的声音。大姐打电话给易泽时，旃蒙恰好在。易泽使眼色问她要不要和大姐说话，旃蒙想了想，接过手机。

"旃蒙？"大姐从片刻的沉默里认出了她。"大姐。"

"所以你们在一起了？""啊。"

"前两个月那家伙忽然打电话跟我说遇见了你。听他的声音我就知道不妙。"

旃蒙笑了，朝易泽看过去。易泽在一边不明就里地跟着笑。"也没有那么糟糕吧。"

"嗯,你的声音听着挺好。""刚下完雨,天晴嗓子就亮。""嗯,岛上这两天也下了雨。"

那个字出其不意地现身,只是不经意地在日常闲聊里探头,却似雪白的瓷器盒子被打翻落地,脆生生的一地坚硬骨白的碎片,不断增殖,横亘在她们之间。

小心这沉默。

旖蒙目光下垂,视线紧锁脚尖。

还是大姐先开口。"见面吧。"她说。

她们约在商场广场上的旋转木马边上见。下午三点,南瓜马车和魔法都还在梦中没有醒来,静止在奔跑的定格中。"这个时候没问题吧。"大姐双手插在绿色功能服的兜里,从天桥下来,离着很远大声问道。

"没问题。"约的时间正好和一个拍摄有冲突,但对旖蒙来说并不是很难的选择。她第一次向老板病假。"我正好有点发烧。"

大姐伸手摸她的额头,眯着眼睛细细打量她。旖蒙默默别过头。

大姐站直身环顾四周。"喝一杯吧。我带你去一个地方。"旖蒙有些意外。她目光微侧,偷偷打量身边走着的大姐。

她看上去还是那么神气,迈着几乎是跳跃的步子,在人群中无比显眼。却不知道为什么,神色里流露出仓惶。她从见过这样的大姐。说起来,这也是第一次在岛外看见大姐。

"你以前不这么看人。你以前其实都不怎么看人。"大姐突然转脸冲她笑道。那笑容几乎是一个鬼脸了。

"大姐。"

"嗯?"

"你还好吧。"

大姐又看了她一眼。这次没有笑。

又过了两个路口,大姐带头进了旁边的便利店,买了一打啤酒和小食,出门后绕着一家杂货铺钻进左边巷子,转了三四个弯,然后她说她们到了。走了一段路,只为了眼前这公寓楼旁不起眼的小公园。这时间,里面一个人都没有。

她们挑了一个视线还不错的长凳坐下,打开啤酒,默默喝起来。

一罐下去,世界慢慢旋转起来。旖蒙想起这一天还没吃过什么。她这是空腹饮酒。身体摇晃着,或者紧紧觉得在摇晃,她无力区分这两种情况,只是本能去抓椅背,调整呼吸,缓解快要窒息的恐慌。

"送你走的时候,我以为再也见不到你了。"大姐拆开一包小食递给她。"再也不用照顾她了,我是怀着这种心情向你挥手告别的。"

可是我并不是想要就此消失。我只是离开,不是逃走。斿蒙想要纠正大姐,转脸冲着大姐的时候,这些话却云烟般消散了。

她知道大姐也不是这个意思。"一切都好。"大姐看着她说。

斿蒙愣住,不知道这是个问题还是简单在陈述。"一切?"她问。

"一切将来都会好。"大姐补充道。

斿蒙明白了。这是一个笑话。她捂住嘴,眼睛紧紧锚住大姐咧开的嘴,不让自己被体内翻腾汹涌的浪潮卷走,那酸楚生涩的滋味她已经很久没有尝过。身体佝偻着,紧紧缩成一团。有人拍她的背。

"你醉了吗?"

"不,我像大海一样平静。"

大姐搂住她,什么话也没说。斿蒙把头埋在她怀里,什么也不愿意想。从紧贴的胸膛里怦怦的心跳声,落入耳中,雷声隆隆。她想起来了,在刚刚那瞬间差点将她裹挟而去又顷刻消退的力量到底是什么?——

刚才那时候,她只是想哭。

"不错嘛,会撒娇了。"大姐说着,弯腰从包里拿出一个防尘袋,"我给你带了东西。"

旖蒙几乎立刻知道袋子里面是什么。"我用不上。而且已经很久没拍了。"

"那是你的事。我只管把你落下的东西带给你。"这口吻简直就是从另一个人嘴里说出来。

"拿走吧。你没必要在他那留下点什么。"大姐说道。

旖蒙笑着接过相机。沉沉冰冷的一块。手指一旦碰触到,立刻下意识拿住。

"易泽说你现在在做摄影助理?"

"只是助理,不碰相机。碰的也是数码相机。我对那个没兴趣。"

"你现在还讲故事吗?"

旖蒙摇摇头。这里不是岛上,这里没有听故事的人。而且她似乎再也不想讲故事给谁听。

"好好用它吧,在你们都还能用的时候。书也好,游戏也好,你和丁未都只是把它们当作浮木,随手抓住,为了不让自己就此沉没。没有真正喜欢过吧。"

并不全是。那些讲给过你们听的故事,那些父亲买给母亲的书,我是真的喜欢看的。旖蒙垂下眼睑,不让目光泄露这秘密。

"对你和丁未,拍照不一样。和世上所有的事都不一样。"大姐继续说。

这一次旆蒙没有反驳。

大姐递给她一罐，自己又打开一罐，不知不觉她们已经喝下半打。

"那就拍照吧。用胶卷。我给你准备冲胶卷的药水。还有——""嗯？"旆蒙直瞪瞪盯着地面。

"煌走了，你走没多久她就走了。他们没法在一起。他们都知道，我们也知道。一个人对另一个人做出那样的事，不可能当作什么也没发生。"

"会痊愈的。伤口都会痊愈。大家都是这么活过来的。"旆蒙轻轻说道。

她听着，听着自己说谎的声音，这声音真好听。她知道她没有说出全部的事实。她知道那不是痊愈的真相。真相是：

受伤会痊愈，但是坏掉的那部分永远坏掉了。痊愈不是什么都没发生，不是完好无缺，是残缺不全地继续下去。你会像平常一样努力工作，对人亲切，和其他人一起开怀大笑，你会遇到很多人，可爱的，风趣的，美丽的，勇敢的，但是即使以后你再也见不到他们，你也不会觉得难过。你知道，你已经可以失去任何人。失去任何人，你都可以活下去。

大姐在说别的事，似乎是易泽小时候的趣事。她的声音忽远忽近地飘着，像被干扰的信号，最终只能成为显示屏上无尽的雪花。

突然她停下来,凝视着前方某一处,那里有只存在她眼里的吉光片羽,过了很久。"爱一个人就像是一场事故。不幸爱上了,不幸活下来了。"她说着轻轻笑起来。那声音栖遑得不像是她,仿佛稍一松懈,那颗勉强粘连的心就会落下摔碎,如同一地钢镚般叮当作响。

"大姐,你在说谁?"

大姐耸耸肩,掏出烟点着,深吸一口。

不必去追问什么。无论大姐对连城的熟悉也好,还是她有意向其他人隐瞒这一点也好,都不必再追究。谁不是在挣扎前行。

旃蒙打开防尘袋,手指一遍遍摩挲相机冰冷斑驳的表面。"在岛上最后那个晚上,半夜醒来,我听见他俩说话。其实我只听见煌的话。真可怕。"

"她说什么?"

"煌对丁未说:'要是那时我留下来就好了,你就可以安心死掉,那样我就可以安心活在这个世上。'"

"你受不了这个吧。"

"还好。你知道最可怕的是什么吗,大姐。"

"什么?"

"是我亲手切断了父亲的生命维持系统。"